UN에서 일해야만
사람들을 도울 수 있나요?

UN에서 일해야만
사람들을 도울 수 있나요?

초판 1쇄 인쇄   2021년 8월 30일
초판 1쇄 발행   2021년 9월 5일

지은이 조향

펴낸이 우세웅
책임편집 박관수
기획편집 한희진 김은지
콘텐츠기획·홍보 서해선
북디자인 이유진

종이 페이퍼프라이스(주)
인쇄 (주)다온피앤피

펴낸곳 슬로디미디어그룹
신고번호 제25100-2017-000035호
신고년월일 2017년 6월 13일
주소 서울특별시 마포구 월드컵북로 400, 상암동 서울산업진흥원(문화콘텐츠센터)5층 20호

전화 02)493-7780 | 팩스 0303)3442-7780
전자우편 slody925@gmail.com(원고투고·사업제휴)
홈페이지 slodymedia.modoo.at | 블로그 slodymedia.xyz
페이스북·인스타그램 slodymedia

ISBN 979-11-6785-030-0 (03810)

세상에 도움을 주고 싶은 사람의
봉사 이야기

UN에서 일해야만 사람들을 도울 수 있나요?

조향 지음

설렘

작가와의 7문 7답

감사드립니다. 언젠가는 내 이름으로 된 책을 내고 싶다고 생각했던 바람이 이렇게 이루어지게 되어 기쁩니다. 국제개발협력에 관심을 갖기 시작하면서 차근차근 걸어온 저의 발자취가 누군가의 삶에 열정을 줄 수 있다면 좋겠다는 바람이 있었습니다. 온·오프라인을 통해 많은 사람을 만나고 대화하면서 제 삶의 이야기를 궁금해하시는 분들이 있어서 용기를 내어 저의 개인적인 성장기이자 제 삶의 비전을 담아 책을 쓰게 되었습니다. 국제개발협력 분야에 관심 있는 청소년 및 부모님에게도 생생하고 궁금하실 만한 이야기를 전하고 싶은 마음이 있었습니다. 저같이 대단하지 않은 사람도 전문적으로 사람을 도울 수 있다는 희망의 메시지가 많은 분들에게 전달되기를 바랍니다.

2. 국제NGO 사업국 대표로 근무하시면서 가장 아쉬웠던 순간과 보람이 있었던 일을 소개해 주시기 바랍니다.

제가 하는 일이 매 순간 보람이 되는 일이라는 점이 굉장히 매력적입니다. 최근 저희가 캐나다 손 세정제 제조업체로부터 대량의 손 세정제를 물품 후원을 받았습니다. 저희 기관과 파트너십을 맺고 있는 나라가 많아서 그중에 가장 필요한 나라가 어디일까 직원들과 함께 고민하다가 아이티(저에게는 굉장히 특별한 나라)로 후원을 결정했습니다. 지리적으로 미국 다음으로 가까운 나라이지만 워낙 상황이 좋지 않아서 선박 운송비용이 꽤 들었습니다. 비용이 들더라도 꼭 필요한 나라로 보내고 싶어서 결정을 했습니다. 그런데 최근에 7.2 강한 지진으로 많은 사상자가 나왔습니다. 보호소부터 음식, 물, 위생 용품이 절실히 필요한 상황인데 마침 저희가 보내는 손 세정제가 위생적으로 열악한 구호 지역에 바로 쓰일 수 있게 되었습니다. 도움이 필요한 곳에 즉각적으로 도움이 될 수 있어서 보람을 느끼는 순간입니다.

아쉬웠던 순간을 꼽으면 제가 도미니카공화국에서 사업국 책임자로 임기를 마치고 결혼을 해서 옆 나라 아이티로 떠나야 했던 때였습니다. 직원들과 신뢰를 쌓으며 업무적 호흡도 잘 맞고 사업도 처음에 심은 씨들이 열매를 보기 시작한 시기라 아쉬운 마음이 컸습니다. 만남이 있으면 이별도 있지만 고운 정 미운 정 다 든 직원들과 헤어지는 그때가 가장 아쉬운 순간으로 기억합니다.

3. 빈곤 문제 해결을 위해 사람들이 자신이 있는 위치에서 바로 할 수 있는 일을 소개해 주시기 바랍니다.

첫째로 우리 주변과 넓게는 지구촌의 빈곤에 대한 관심과 기부라고 말씀드리고 싶어요. 자신이 평범한 사람이라고 생각할수록 기부를 해야 한다고 생각합니다. 만약 전문 기술이 있고 에너지와 시간이 있다면 현장으로 단기 봉사를 하는 것도 좋은 방법입니다. 하지만 상황이 허락하지 않거나 지금처럼 코로나로 이동이 자유롭지 못한 시기에는 관심을 갖고 소액이라도 기부를 하는 것이 가장 쉽게 도울 수 있는 길입니다. 우리나라 기관 중에 관심 있는 프로젝트를 눈여겨 보고 기부하시면 후원하고 있는 나라에 더욱더 관심이 가게 됩니다. 후원자들의 기부금이 모여 현장에 있는 전문가들과 지역주민, 그리고 정부기관을 통해 후원이 효과적으로 사용될 수 있게 필요한 곳에 기금이 사용됩니다.

또한 여행을 봉사의 기회로 활용할 수 있습니다. 관광을 목적으로 한 여행이나 친구 및 가족 간의 여행을 할 때, 하루 정도는 현지 지역의 비영리기관에 방문해 보는 것도 추천드립니다. 기관의 사업 설명을 들으며 직접 눈으로 다양한 삶의 형태를 보고 사람들과 이야기를 나누면 전혀 생각하지 못했던 새로운 관점과 우리가 할 수 있는 일이 보일 것이라고 확신합니다.

하나 덧붙여 말씀드리자면 많은 분들이 나눔에 조금 더 적극적이었으면 하는 바람이 있습니다. 오른손이 한 일을 왼손이 모르게 하라는 말이 있지만, 오히려 자신의 후원과 봉사 경험을 드러내고 홍보함으로써 나눔을 장려하는 문화가 정착되어야 한다고 생각합니다. 그런 측면에서 요즘 연예인들의 후원 인증은 아주 바람직한 현상인 것 같아요. 개인이 적극적으로 후원 사실을 밝히면서 다른 사람들도 독려하는 그런 사회가 왔으면 좋겠습니다.

4. 사람들이 세계빈곤과 불평등에 대한 관심을 순간의 감정에 그치지 않고 문제를 해결하기 위한 구체적인 도움과 행동이 지속적인 행태로 나타나기 위해서 필요한 것이 무엇인지요?

순간의 감정도 굉장히 중요하다고 말씀드리고 싶어요. 방송이나 인터넷을 통해 본 충격적인 모습이나 사진을 통한 충격요

법(?)으로 내가 할 수 있는 일이 무엇인지 한번 생각해 볼 기회를 갖게 되는 것이지요. 아직 진로를 결정하지 않는 청소년들에게도 더할 나위 없이 좋은 고민이 될 것이며, 이미 생업에 종사하시는 분들도 국제적인 차원이 아니더라도 국내의 빈곤 가정 및 빈곤 아이들에게 할 수 있는 작은 행동을 생각해 보시면 좋을 것 같습니다. 나의 작은 행동과 실천이 누군가에게는 인생을 바꿔 놓는 기회가 될 수 있어요.

세계 빈곤 해결을 위한 방식은 다양합니다. 일반인들에게 가장 접근 가능한 형태는 자원봉사입니다. 봉사에는 다양한 형태가 존재합니다. 재능을 기부하는 형태, 시간을 기부하는 형태, 금전을 기부하는 형태, 혹은 빈곤 문제에 관심을 갖도록 다른 사람들에게 알리는 홍보의 형태 등 다양합니다. 코로나가 잠잠해 지면 사랑하는 가족들과 혹은 친구들과 조금 특별한 봉사 여행을 계획해 보는 것은 어떨까 싶어요. 혹은 생일이나 특별한 기념일에 선물을 받는 대신 기부를 하는 것도 좋은 방법이 될 것 같습니다. 어떤 형태로든 한번 도움을 주는 경험을 하게 되면 새로운 기억이 머릿속에 남게 되고, 인식도 전환되어 빈곤 문제가 그냥 지나칠 수 없는 관심 분야가 되었다는 분들을 많이 만났습니다.

5. 작가님이 생각하시는 가치 있는 삶이란 어떤 것인지 말씀해주시기 바랍니다.

내 삶의 목적을 이루며 사는 삶이라고 답변드리고 싶어요. 내가 이 세상에 태어나 남기고 갈 부분이 무엇일지 삶의 목적과 방향성을 치열하게 고민했던 적이 있어요. 그리고 그 고민은 결혼을 하고 한 번 더 하게 되었어요. 제 삶의 목적은 나만 잘살고 잘 지내는 삶이 아니라 누군가를 위한 삶, 세상에 이로움을 주는 사람이 되는 것입니다. 처음 시작한 고민을 고민으로 끝내지 않고 구체적으로 계획하고 실행에 옮겼어요. 마침내 제가 꿈꾸던 국제개발협력 기관에서 일을 할 기회가 주어졌고 쉽지 않았지만 포기 하지 않고 매 순간 최선을 다했습니다. 꿈을 꾸는 것에 그치지 않고 매 순간 최선을 다해 주어진 임무를 수행하는 과정에서 작은 성취감이 생겼고, 그 성취감이 쌓이면서 삶의 의미를 더해가는 것 같아요. 내가 보람을 느끼는 일이 누군가에게도 삶의 희망을 주고 도움이 되는 삶, 그 자체가 실로 저에게는 굉장한 축복이 아닐 수 없습니다.

사람들마다 생각하는 삶의 방향과 의미는 다른 것 같아요. 저는 세상에 이로운 사람이 되는 비전을 이루기 위해 노력하면서 살고 있습니다.

작가와의 7문 7답

6. 현재 캐나다에서 비영리단체 재정 모금을 위한 기관에서 대표로 일하신다고 들었습니다. 비교적 안정적인 캐나다에서의 삶을 뒤로 하고 약 4년 뒤에는 다시 현장으로 복귀하여 국제기구 등에서 근무할 계획으로 알고 있습니다. 캐나다에서도 지금처럼 모금을 통해서도 가난한 사람들을 도울 수 있는데 왜 굳이 다시 현장 근무를 하시려는지 말씀해주시기 바랍니다.

캐나다에서 지내는 삶은 꽤 안정적입니다. 아이티에서 살다가 캐나다로 이사해서 사는 삶이라 처음에는 너무 편리한 생활이 내가 이렇게 살아도 되나 싶을 정도로 어떤 면에서는 불편하게 느껴지기도 했습니다. 현장으로 돌아가고자 하는 계획은 처음 저희 가족이 캐나다로 오면서부터 세운 계획이었어요. 아이들이 만 1달 되었을 때 캐나다에 도착을 했는데 아이들이 척박한 환경에서도 괜찮을 만 10살 정도가 되면 다시 현장으로 돌아가자는 계획이었지요. 모금국 대표로 사업국과 소통하면서 현장 사업에 대한 소식을 들으면 당장이라도 가서 프로젝트를 함께 진행하고 싶은 마음이 들 정도로 현장을 그리워하고 있습니다. 모금 업무도 보람되고 정말 뜻깊은 일이지만 주민들과 소통하면서 함께 프로젝트를 진행하는 것이 개인적으로 저에게 더 잘 맞는 것 같아요.

7. 앞으로의 바람과 계획을 소개해 주시기 바랍니다.

나를 아끼고 사랑하는 것이 곧 내 가족, 나아가 사회구성원을 사랑하는 일이라는 걸 최근에 더욱 깨닫고 있어요. 나의 몸과 마음을 건강하게 유지하며, 사회구성원으로서 지속적으로 세상에 도움이 될 수 있는 작은 행동과 마음가짐을 유지하며 지낼 생각입니다. 동시에 이 분야를 꿈꾸는 젊은 친구들의 멘토가 되고 싶어요. 제가 했던 방황과 고민을 같이 나누면서 꿈꾸는 삶을 포기하지 않도록 격려하는 역할을 하고 싶습니다.

구체적으로 세운 계획은 아니지만, 캐나다를 떠나서 현장으로 가게 되면 저의 전문성을 활용하여 활동하고 싶은 마음이 있고, 대안학교 설립도 생각하고 있습니다. 어린 학생뿐 아니라 어른도 참여하는 공동체 형태의 학교를 만들고 싶습니다.

추천사

20대의 남다른 열정으로 시작된 전 세계빈곤과 불평등의 이슈에 대한 고민, 그리고 이를 해결하기 위한 저자의 꿈과 꿈의 실현에 다가가는 삶의 발자취를 간결하지만 거침없는 필체로 써 내려간 점이 이 글의 매력입니다. <UN에서 일해야만 사람들을 도울 수 있나요?>는 독자들에게, 특히 MZ 세대와 청소년들에게 국제개발협력에 대한 진지한 고민을 간접 경험을 통해 맛볼 수 있도록 했습니다. 뿐만 아니라 우리 일상의 작은 실천을 통해 이 문제를 함께 해결할 수 있다는 도전을 줍니다. 또한 삶의 방향 설정을 어떻게 해야 할지 고민하며 자기관리 및 자기계발 방법에 목말라 하는 현대인들에게 스스로 설정한 경계에서 벗어나도록 주문하고, 타인의 인정에서 벗어나 자신에게 집중하도록 일침을 놓는 삶의 통찰도 아주 풍부하게 수록되었습니다.

— **하경화**, 국제개발 전문가

이 책은 개발 도상국의 빈곤과 불평등 문제에 대한 통찰력 있고 비판적이면서 따듯한 시선으로 현장의 목소리를 들려줍니다. 작가는 국제개발의 단순한 기술적인 부분을 넘어 세상에 소외된 사람과 함께 현장에서 일하는 것이 어떤 경험일지 독자들이 작가의 시선을 통해 보았으면 합니다. 돌이켜 보면, 이 책은 개발 실무자가 자신의 인생의 여정을 통해 배운 교훈과 사명자의 책임감에 대해 이야기하고 있습니다.

— **헬슨 델 로사리오**, 유엔개발계획(UNDP) 연구원

많은 자매가 그렇듯이 우리는 닮은 부분도 다른 부분도 있다. 언니와 닮은 부분은 우리를 더 단단하게 결속시켜 주었고, 나와 다른 부분은 나에게 새로운 영향을 주었다. 나와 4살 터울의 언니는 내가 선택에 기로에 놓일 때마다 많은 영향을 끼쳤다. 대학을 선택하는 것에서부터 이후 직장을 잡을 때까지. 결국 나는 6년 동안 언니와 같은 분야에서 일하게 되었고, 언니가 글에 담은 NGO 활동과 소명, 해외에서 젊은 나이의 동양 여자가 리더로서 느끼는 어려운 감정까지 너무 공감되어 함께 웃고 눈물을 훔치기도 했다. 이 책은 나만이 아닌 너와 나, 나아가 사회에 긍정적인 영향을 끼치고 싶은 독자들이 쉽게 공감하고, 그렇지 않은 사회의 시선과 어려움에도 그 뜻을 이어 나가도록 열렬히 응원하고 있다.

이전부터 자신의 이야기를 책으로 엮어내고 싶었던 언니의 바람이 이렇게 이루어져 내 일보다도 더 기쁘다. 주저하지 않는 언니의 결단력과 도전을 두려워하지 않는 언니의 모험은 지금부터 시작이라고 생각한다. 이 책을 첫걸음으로 더 많은 사람에게 용기와 희망을 주는 아름다운 길을 걸어가리라 믿어 의심치 않는다.

— **조현**, 비영리기관 직원

반짝반짝 빛나는 나의 소명

신은 우리에게 자유의지를 주셨다. 우리를 조건 없이 사랑하시면서 동시에 인간이 모든 선택을 자유롭게 할 수 있도록 하셨다. 모두에게 주어진 매일 아침, 우리는 다양한 의지를 갖고 삶을 살아간다. 하지만 그때 내가 원하는 것을 의심하지 않고 꿈을 꿀지, 내 상황을 한탄하면서 꿈을 이루지 못하는 이유를 대며 포기할지는 전적으로 내 선택에 달려 있다.

인생은 선택의 연속이다. 내가 원하는 것과 이루고 싶은 것을 찾아내고 노력하는 것 역시 나의 선택이다. 나 자신을 믿고 반드시 이루어 내겠다는 결심을 통해 첫 단계가 시작된다. 의심한다는 것은 나 자신을 믿지 못하기 때문이다. 인간은 불완전하고 완벽하지 않지만, 의지와 신념의 힘은 크다. 사실 따지고 보면 자연스럽게 흘러가는 나의 일상 역시 모두 의지에 따라 흘러간다. 이른 아침 알람 소리를 듣고 더 잘지 일어날지는 나의 의지에 달렸다.

　만 20살 어학연수를 목적으로 갔던 필리핀에서 목격한 극심한 빈부격차는 내 인생의 전환점이 되었다. 그 이후 극심한 빈부격차 해소를 위해 나는 무엇을 할 수 있을지 치열하게 고민했다. 그 고민은 기울어진 세상을 이해하기 위한 영국 유학길로 이끌었고 책과 토론을 통해 수많은 석학의 생각을 접할 수 있었다. 빈부격차에 대한 해결책은 쉽게 한 문장으로 답변할 수 있는 문제는 아니지만 내가 서 있는 자리에서 국제개발전문가로 10년이 넘게 일을 하고 있다.

유엔 기관, 국가 정책, NGO, 활동가 등 세계 곳곳에서 세계 불평등 해소를 위해 오랜 시간 노력해 왔다. 그러나 이 문제는 특정한 기관과 단체만의 문제로 생각하기보다는 우리 모두가 자신의 위치에서 세계 빈곤과 불평등 문제에 대해 관심을 갖는 것이 제일 중요하다고 생각한다. 20살에 품었던 불평등에 관한 관심을 시작으로 20년이 지난 지금 나는 국제개발 전문가의 입장으로 개인 후원자와 정부 후원금을 긴급한 지원이 필요한 국가나 현장에 지원하는 역할을 맡고 있다.

대학생 시절 국제기구에 들어가서 한국이 아닌 전 세계에 영향을 미치는 일을 하려는 결심을 했다. 그렇게 국제기구에 들어가기 위해 무엇을 준비해야 하는지 살피고 언어와 해당 분야에 대한 공부와 실무 경험까지 다양하게 경력을 쌓았다. 실제로 일본에 교환학생으로 갔을 당시 국제기구자문위원이신 교수의 지도를 받으면 국제적 관점으로 문제에 접근하는 방법을 배웠다. '세상은 원래 그런 거야'라고 생각하면서 모른 척 일상을 사는 것보다 어떤 방식이든 세상을 변화시키는 일에 동참하고 싶었다. 그래서 인권을 대변하는 재단에서 자원봉사도 하고 해외 입양아들의 뿌리 찾기 행사에 통역자원봉사로 활동하는 등 내가 할 수 있는 일은 소소하지만 지속적으로 참여했다. 이러한 일에 내가 참여했던 것은 누군가에게는 당연한 일들이, 실은 어떤 이에게는 생사를 오가는 처절한 현실이라는 것을 생생하게 경험한 기억 때문이다.

　내가 국제개발협력 전문가로 일하는 과정과 현장에서 일하면서 겪었던 개인적인 성장에 관한 이야기를 나누고자 한다. 나 하나쯤이야 하는 생각이 아닌 나부터라도 시작하자는 작은 생각으로 실천하는 사람들이 많아지면 그때부터 세상의 변화는 시작된다고 생각한다. 실제로 한 명이 미치는 파급효과는 꽤 크다. 나는 오늘도 조금 더 많은 사람이 빈곤 문제에 관심을 두기를 바라는 마음으로 나의 길을 묵묵히 간다.

contents

작가와의 7문 7답   4

추천사   12

프롤로그 반짝반짝 빛나는 나의 소명   14

Part 1.

내가 하는 일은 '봉사'가 아니에요

UN에서 일해야만 사람들을 도울 수 있을까?   23

NGO 사업국 대표는 무슨 일을 할까?   31

무엇을 위해 열심을 내는가?   41

리더십도 배울 수 있나요?   47

마음을 나누는 소통이면 충분해   51

Part 2.

나의 작은 생각이
누군가의 인생을 바꾼다면

타인이 책임지지 않는 나의 선택   59

혼자서도 할 수 있는 세상을 위한 일   67

품위 있는 삶이란   71

편견의 경계 넘어서기   79

보이지 않는 가치 '인정'에 대하여   85

나 살기도 바쁜데 왜 다른 사람들을 생각해야 하는 거죠   90

Part 3.

아시아 여자가 대표가 된다는 것

20살 중반에 디렉터라고요?   99
노골적인 인종차별과 무시   103
해고는 어려워   107
모든 것은 나로부터   111
방황해도 괜찮을까?   118
문화 차이를 극복하는 진심의 기술   124

Part 4.

어떤 것을 상상하든 그 이상의 것이 온다

아무것도 하지 않으면 아무 일도 일어나지 않는다   131
선함과 탁월함   136
봉사의 기회가 찾아온다면   141
바차타 춤을 추면서 얻는 교훈   153
맛있는 커피를 혼자만 마시기 싫어요   160
지속적으로 내가 원하는 일을 하려면   164
꿈꾸는 우리의 미래   171

에필로그   180

Part 1

내가 하는 일은
'봉사'가
아니에요

UN에서 일해야만
사람들을 도울 수 있을까?

'봉사를 하다니 대단하네요. 어떻게 봉사할 마음을 먹으셨어요.' 내가 도미니카공화국 현장에 있는 동안 많은 사람에게 감탄 섞인 칭찬을 받았다. 현장에 파견되어 개발 전문가로 일하는 것이 생소한 사람들은 내가 하는 일이 직업이 아닌 봉사라고 생각했다. 저개발국가에서 어려운 사람들을 돕는 일을 '봉사'라는 단어 외에 마땅히 다른 단어를 찾기는 쉽지 않다.

하지만 국제개발 구호전문가는 돈을 받고 일하는 직업 중의 하나이다. 비영리를 추구하면서 사람들의 필요를 채우는 일을 한다. '봉사'에는 헌신 혹은 희생의 의미가 있지만 '직업'이라는 단어에서는 전문성과 대가의 의미가 반영되어 있다. 나는 매달 월급을 받고, 주거비용을 지원받는 파견 근무자였다. 그래서 봉사의 의미와는 거리가 있다. 봉사는 내 시간과 재능을 무상으로 제공하는 것이다. 나는 대가를 받고 일하고 나에게 주어진 직무를 행했기 때문에 봉사와는 엄연히 차이가 있다.

비영리기관에 관심이 없는 분들은 그저 해외에 봉사하러 다니는 멋진 젊은이들이라고 생각을 하신다. 그래서 실제로 해외 현장에서 만나는 많은 어르신은 '봉사'활동을 하는 나를 대견하게 보신다. 내가 비영리기관에서만 일하기 위해서 공부를 한 것은 아니지만, 빈곤 문제, 차별 문제에 대한 고민을 시작으로 내 인생에 경제적으로 가장 어려운 시기를 겪으며 영국에서 국제정치경제 대학원 공부를 마쳤다.

다양한 지식과 정보가 없었던 20살, 공부를 많이 하면 극심한 빈부격차 해소와 빈곤 문제 해결에 대해 고민하던 답을 얻을 수 있을 거로 생각했다. 공부를 더 하면 어떤 이에게는 관심 밖의 빈곤 문제에 내가 기여할 수 있는 방향과 그에 맞는 직업을 명확하게 찾을 수 있을 줄 알았다. 대학원 수업을 들으면서 수많은 자료와 책을 읽고 에세이를 쓰고 학교에서 토론을 진행하는 가운데에도 사실 해결책은 딱히 보이지 않는 것 같았다. 마르크스 학파 사람들은 자본가를 비판하는 데 혈안이 되어 있었고, 자본주의 시스템을 부정하는 쪽에 초점을 맞추고 있었다. 동시에 다양한 경제학파에서 내놓는 논문을 읽으면 나도 어느 쪽이든 내 태도를 분명히 밝혀야만 할 것 같았다.

조금 더 정책적 측면에서 접근하고 싶어서, 석사 과정을 마친 뒤 영국 내 취업 시도를 그만두고 한국으로 귀국했다. 그렇게 나의 석사 후 직장 생활은 시작되었다. 국책연구원에서 국가 경제 정책을 연구한다는 기대감에 정말 신이 났다. 몇 달이 지나고 나서 이내 깨달았다. 유의미한 연구 결과는 내 손을 거쳐서 완성되는 것이 아니라는 현실을 직면했다. 동시에 호흡이 정말 긴 연구는 마치 나에게 맞지 않는 옷을 입은 것 같은 느낌이었다. 당시 나는 모든 석사 연구원들이 고민하는 박사 진학을 해야 할 것인지 다른 일을 해야 할지 갈림길에 서 있었다.

대학생 시절 UN에서 일하는 것만이 빈부격차 해소의 답을 얻을 수 있다고 생각했다. 'UN 입성하기' 인터넷 카페에 가입해서 기웃거리면서 어떻게 UN에 들어가서 내가 고민하는 문제인 빈곤 해소를 위해 기여할 수 있을지 방법을 찾아보았다.

그러던 어느 날, 연구원 동료가 비영리 단체의 해외 파견직 공고를 나에게 보내줬다. 당시 UN 입성을 고민하는 나에게 비영리 단체의 커리어는 고려할 대상은 아니었으나 현장에서 개발프로젝트 경험을 쌓을 수 있다는 것에 큰 매력을 느꼈다. 연구원으로 일하면서 온종일 작은 칸막이 속 책상이 있는 작은 공간에 앉아서 일했다. 적막한 공간에서 온종일 컴퓨터 앞에 앉아 직속 상관 박사의 정책연구를 위한 자료 수집과 자료 조사를 하는 업무였다. 이런 연구 업무를 1년여 동안 수행하면서 이 직무는 나에게 맞지 않는 것을 몸으로 느끼고 있을 즈음이었다. 나는 고민 없이 현장사업국 개발프로젝트관리직에 지원했다. 다행히 기관에서는 연구경력이 있는 사람을 선호했고 나는 필기부터, 프레젠테이션, 면접을 마치고 휴가 중에 합격 소식을 받았다.

그렇게 나는 비영리기관 대표 업무를 시작했다. 도미니카공화국이라는 나라는 내게도 한국 사람들에게도 굉장히 생소한 곳이었다. 합격 발표 이후 모든 과정이 빠르게 진행되었다. 한 달여 동안 기관에서 제공하는 훈련을 받은 후에 미국에 있는 사무실에서 프로젝트 관련 인수인계를 받고 아이티로 향했다. 여행 가방 2개와 함께 열정으로 그렇게 캐리비안 섬에서 새로운 삶을 시작했다. 나의 첫 임무는 현장에 새로운 사무실을 찾고 후원금으로 시골 지역에 우물을 제공하는 것이었다. 개발학 과목에서 배운 매뉴얼 대로 물이 없는 곳으로 가서 지역 조사를 마치고 주민들이 공동으로 사용하고 관리할 수 있는 곳에 우물을 지었다. 우물 회사를 섭외하고 견적서를 비교하고 무엇보다 약속된 시일 안에 완료하는 것도 굉장히 중요했다.

불과 한 달 전만 해도 연구실 작은 공간에 앉아서 데이터를 보던 내가 직접 픽업트럭을 몰고 다니면서 시골에 물이 없는 지역의 주민들을 만나서 이야기하는 완전 다른 삶을 살고 있었다. 당시 나는 스페인어를 전혀 하지 못했기 때문에 통역을 구해서 현장을 다녀야만 했다. 우물 회사와 업무 소통은 구글 번역기를 사용하면서 이메일로 진행했다. 도미니카에 계시는 모든 교민이 한국과 매우 다르므로 빠르게 프로젝트를 진행하기는 힘들 거라고 말씀하셨다.

나의 첫 시작을 하늘이 축하라고 했는지 놀랍게도 나는 약 두 달 만에 지역 조사를 마치고, 공동 관리가 가능한 3곳에 우물 설치를 완료했다. 주도미니카공화국 한국 대사를 초대해서 사무실 개소식을 진행하였고 지역 주민들은 환호했다. 외딴곳에 집이 몇 채 없는 동네에 치아가 없는 할머니께서 나에게 진심 어린 축복을 해 주셨다. 지역 주민들은 진심으로 좋아했다. 그들의 언어도 이해하지 못하고 나의 임무는 단기봉사팀들이 진행했을 법한 첫 임무였으나, 실제 주민들에게 필요한 곳에 필요한 물 자원을 제공한다는 것에 의의를 두었다.

단발성 프로젝트가 아닌 긴 호흡을 갖고 갈 지속가능한 개발에 초점을 두고 나와 함께 프로젝트를 고민하고 진행해갈 현지

아이티 마을 학교 모습

직원 채용이 급선무였다. 공고를 내고 인터뷰를 해서 3명의 직원을 뽑아 기관 업무를 공식적으로 시작하였다. 기관에서 내려온 매뉴얼을 매일 밤 읽고 또 읽으면서 기관의 방향과 나의 철학에 맞는 프로젝트를 발굴하고 진행하려고 생각했다.

운이 좋게 혼자서 다니면서도 강도 한 번 당하지 않고 불미스러운 일 없이 3년의 도미니카공화국에서의 생활을 잘 마무리할 수 있었다. 혼자 시작한 사무실은 내가 결혼을 해서 아이티로 갈 무렵에는 약 40여 명의 풀타임 직원들이 있었고 약 100여 명이 넘는 지역 자원봉사자들이 있었다. 개인의 성취이기보다는 기관의 후원과 현지 직원들의 리더십이 결합한 결과였다.

당시 현장 파견직을 지원할 때 나에게 주어진 영어 프레젠테이션 주제는 '직원들에게 어떻게 지역개발을 할 수 있도록 훈련할 것인가'였다. 나는 그때 준비했던 자료들을 꺼내 들고 매일 직원들에게 프레젠테이션하면서 기관이 나아가야 할 방향과 기관의 비전 제시 등 직원을 훈련하는 데 열정을 쏟았다. 학교에서 책으로 배운 것보다 현실은 훨씬 더 복잡했고 변화는 더디었다. 세련되게 가꿔진 정책과 프로젝트로만 현장이 바뀌지 않는다는 것도 깨닫는 시간이었다. 그래서 더 겸허히 인내하며 어쩌면 죽을 때까지 빈곤 문제는 해결되지 못할 것 같다는 생각도 들었다. 이런 무력감과 동시에 결국은 사람만 남는다는 교훈을 얻었다. 어느 기관에 속해서 일하는 것도 중요하지만 나의 삶의 비전과 태도로도 분명히 다른 방식의 해결책을 찾을 수 있을 것 같은 희망도 품게 되었다.

NGO 사업국 대표는
무슨 일을 할까?

비영리 단체(Non governmental organization)는 말 그대로 영리를 추구하지 않는 단체이다. 동시에 정부에 귀속되지 않고 가치를 추구하면서 활동하는 기관이다. 한국의 비영리 단체 중에서 해외 개발사업을 활발하게 진행하고 있는 단체는 손으로 꼽는다. 한국은 원조를 받는 나라에서 원조를 주는 세계에서 유일한 나라이다. 한국에서 시작한 국제개발단체에서 한국인 대표로 사업국 설립을 위해 파견된다는 것은 꽤 의미 있는 일이다.

영국 대학원 시절 국제개발 수업을 들을 때에도 한국의 경제개발사례는 아시아의 4마리용으로 늘 빠지지 않고 나왔다. 경제적 수치상으로도 1970년대 실질 국민총소득은 256만 원이었지만 40년이 지난 지금(2020년 기준) 3천 5백 13만 원이다. 물가상승을 고려해도 비약적인 발전을 이룬 것은 분명하다.

단순히 좋은 일을 하는 단체일 뿐 아니라 세계에 빈곤으로 고통받는 아이들과 주민들을 위해 지속가능한 발전을 고민하는 기관의 비전을 품고 있다. 동시에 조직이기 때문에 탁월한 경영도 필수적이다. 20대의 나이에 창업하지 않고 기관에 속하면서 조직을 경영하고 운영할 기회는 많이 없다. 한국도 아닌 외국에서 현지 직원을 채용하여 비전을 함께 나누고 사람들을 돕는 프로젝트를 수행하는, 정말 이상적인 기관에 소속되어 일하는 것은 큰 행운 중의 행운이다.

한 조직을 만들고 이끄는 과정에서 자연스럽게 경영에 대해서 깊은 고민을 했다. 어떤 직원을 채용해야 할지, 채용할 때의 급여 수준과 복지 혜택, 직원들의 자발적인 참여를 이끌어내는 동기부여 등등 다양한 부분을 고려했다. 조직을 이끄는 것이 이토록 힘든 일인지 미리 알았다면 사실 쉽사리 도전하지 못했을 것이다. 사업을 운용하는 측면에서의 고민도 물론이지만, 사실은 현지 직원들과 해외에서 오는 자원봉사 간에 업무 분장부터 조화로운 조직문화까지 생각하는 것은 다 나의 몫이다.

위에서 언급한 것 외에도 1년간 전체 프로젝트의 계획을 짜고, 그에 맞는 예산을 수립하고, 실행계획을 만들고, 프로젝트 규모에 맞는 직원을 채용할 계획 수립은 물론이고 계획대로 이뤄지는지 중간점검과 피드백 등도 해야 했다. 동시에 국가 내에서 협력할 파트너도 찾으면서 지속해서 다른 기관과 정부 기관 사람들과 소통하면서 우리 기관이 하고자 하는 일을 소개하고 서로의 필요를 채우는 윈윈 관계 형성도 나의 몫이다.

사업국 대표로 일했을 때의 경험이 지금의 내가 있게 만들어 줬다고 해도 과언이 아니다. 20대 후반에 흔히 가질 수 없는 경험을 했다. 조직을 만들고, 그에 맞는 법적 문서를 마련하고, 직원 채용부터 사업 진행, 평가, 감사까지 1부터 10까지 진행했던 경험을 그대로 캐나다에서 적용하면서 일하고 있다.

한 커뮤니티에 가장 필요한 것, 그 필요를 가장 잘 채울 수 있는 것, 시급히 변경해야 할 부분을 알아내는 것, 그리고 자발적으로 참여를 끌어내 향후 기관의 도움 없이도 자립하게 한다는 원칙을 갖고 일을 한다. 복지로 따지면 복지 수혜자에서 세금을 내는 정도 개념이 될 수 있다. 실제로는 훨씬 더 복잡한 요소들이 들어가 있지만 간략하게 단순화하면 지역 개발사업이란 그러하다.

예산의 수립과 집행, 예산을 위한 모금 활동도 한다. 모아진

예산으로 지역에서 가장 필요한 것을 지원하고 모니터링하고 지역 주민들의 적극적인 참여를 끌어내 실질적으로 필요를 충족시켜준다. 태어나 한 번도 경험해 보지 못했던 전적인 책임감, 해보지 않은 분야까지도 전부 총괄하면서 진행하는 일이 힘에 겨웠지만, 동시에 머릿속에 생각하는 것이 실현되는 과정을 보는 것에 보람과 흥미를 느꼈다. 그러나 모든 것을 매우 급하게 진행해야 했다. 나에겐 하루의 업무일지 모르나 현지 주민들에게는 오늘 죽느냐 사느냐 생계와 관련된 문제였다.

내가 직원들과 발 빠르게 계획하고 기금을 확보하면, 의사에게 진료를 받기 힘들어 질병을 안고 사는 사람들에게 믿을 만한 의사의 진료를 당장 제공할 수 있다. 전기가 없는 마을에 사는 사람들에게 지속 가능한 자원을 이용해 전기를 제공할 수 있다. 돈에 대해 전혀 관념이 없는 사람들에게 돈을 모으고 목표하는 것을 쓰는 성취감을 맛보게 해줄 수 있고, 부모님이 일하느라 바빠서 거리에 방치된 아이들에게 방과 후 프로그램을 제공해 줄 수 있다. 학교가 문을 닫는 방학 기간에 캐나다에서는 너무도 흔한 여름 캠프 프로그램을 마을 전체 아이들에게 제공할 수도 있다. 책을 읽고 싶지만 구하기 힘든 아이들에게 작은 도서관을 운영하면서 책 읽고 쉴 수 있는 안전한 공간도 제공해 줄 수 있다. 근본적인 불평등과 가난을 해소할 수는 없었지만, 임시방편이라도 그들에게 꼭 필요한 필요를 제공하고 싶었다.

처음 도시 빈민가를 방문했을 때의 충격을 잊을 수가 없었다. 대학교 1학년 필리핀에서의 극심한 빈부격차를 목격하고 불평등한 세상을 위해 일하겠다는 결심을 할 당시의 충격보다 훨씬 더했다. 왜냐하면, 나는 이들에게 필요한 것을 고민하고 제공하려는 사람인데 처음 방문했을 때 주민들과 이야기하면서 아무것도 할 수 없다는 무기력을 경험했기 때문이다. 그때 가졌던 무기력과 무거운 책임감은 아직도 잊혀지지 않는다.

평방 4제곱 킬로미터도 안 되는 곳에 무수히 많은 철판 집들이 빽빽하게 모여 있었다. 가난하면 가난할수록 강가 가까이에 살아야만 했다. 비가 오면 홍수는 늘 겪는 일이고 강에서 역류하는 물로 피부병과 전염병은 예사였다. 이들은 이 공간에서 나가고 싶은 마음이 없다. 무단으로 자리를 차지하고 그것이 본인의 집이 되고 정부가 사고팔 수 있도록 한 그 타이틀을 사고팔면서 그 안에서 머물러 산다. 내 삶의 터전이고 내 고향인 그곳을 정부는 몇 년 전부터 완전히 철거하고 새로운 계획을 세우려고 하지만, 내가 도미니카공화국 떠난 지 7년이 지난 지금도 여전히 그대로 있다.

도미니카공화국 도시빈민지역

강 위에 다리에는 수많은 차가 오간다. 나는 그 다리를 수백 번도 넘게 건넜다. 교통체증이 어김없이 있을 때 다리 밑을 내려다보면 나는 마음이 늘 무겁고 답답했다. 나의 첫 지역개발 프로젝트 지역에 대한 애정과 동시에 우리 기관이 할 수 있는 것이 과연 무엇일지에 대한 부담이 나를 짓눌렀다.

전기가 없는 시골 코코아 농장에는 먹을 것이 천지이고 맑은 물이 흐른다. 전기가 없어도 그곳에는 한적하고 공기가 좋다. 하지만 3시간 달려 도심으로 오면 도시 빈민 지역은 악취가 난다. 사람들이 많아 질병에 걸릴 확률이 높다. 정부에서 주는 보조금으로 술을 먹는 사람들이 많고 늘 사건·사고가 끊이지 않는다. 그리고 아이들이 정말 많다. 처음 갔을 때 느낌은 전쟁이 휩쓸고 간 곳에서 볼 법한 현장이었다. 그곳이 그들의 삶의 터전이자 사랑하는 집이었다. 아이들은 맨발과 발가벗은 몸으로 더러운 물을 갖고 놀고 있었고, 돌보는 이모, 할머니 등 직업을 알 수 없는 사람들은 늘 대낮에 집 앞 플라스틱 의자에 앉아 할 일 없이 있는 모습은 흔한 풍경이다.

그래서 첫 번째로 생각한 게 커뮤니티 한가운데 아이들을 위한 프로그램을 제공하는 것이었다. 기금 제안서를 쓰고 후원을 받아 커뮤니티센터를 만들었다. 그때 나는 이 지역 사람들을 알지도 못하고 누구를 믿어야 할지 전혀 알 수가 없었다. 우리 직원들로만은 프로젝트를 진행하기에는 역부족이었다. 그래서 동네 청년 중 일단 젊고 배울 의지가 있고 지역 사람들을 위해 돕고자 하는 사람들의 자원봉사 지원을 받았다. 반응은 뜨거웠다. 수많은 이들이 지원했고 현지 직원들과 인터뷰를 하면서 자원봉사자를 추리고 이들과 같이 커뮤니티센터를 만들어 갔다. 감사하게도 도미니카 내 한국기업 전기회사의 지원을 받아 2층 확장공사 및 내부 인테리어를 진행할 수 있었다.

완공된 후에 1층은 직원들이 일하는 사무실과 방과 후 활동 교실 공간으로, 2층은 방문 의사가 진료 보는 곳과 지역 도서관으로 활용할 공간으로 탈바꿈했다. 프로그램을 진행하다 보면 어떤 부모님은 직접 와서 왜 돈을 주지 않고 서비스 형태로만 진행하느냐고 따지는 경우도 있었다. 어떤 이들은 자신의 집을 보여주면서 얼마나 어려운지 자기 상황을 토로하는 사람도 많았다. 동시에 나를 환영해주는 분들도 계셨다. 공간을 활용하는 프로그램 외에도 각자 집 공간을 활용한 저축프로그램을 진행했다. 미혼모 집 화장실 개선사업, 방역사업, 이제는 대표 프로그램이 된 여름 캠프는 당시 약 1천여 명의 아이들이 참여했다. 이 모든 프로그램은 후원을 받아 진행했다.

처음 자원봉사로 시작한 젊은 청년들이 시간이 지나, 현장 코디네이터 직원으로 채용이 되어 일하고, 근무하면서 대학교에 입학하고 공부하면서 헤드오피스 직원으로 채용되는 과정까지 보았다. 내가 떠난 후에는 매니저로 승진했다는 소식도 들었다. 순수한 열정으로 자원봉사로 시작했는데 어엿한 비영리기관의 팀장까지 승진하는 것을 보면 진정한 국제개발은 이런 경우가 아닌가 싶었다. 희망이 없는 이들에게 스스로 자신의 미래를 위해 직업을 얻을 수 있도록 기회를 제공해 준 것이다. 작년에 전 세계 직원이 모이는 콘퍼런스에 참여했는데 그때 자원봉사자로 시작했던 친구가 와서 인사를 했다. 그리고 나에게 기회를 줘서 정말 감사하다고 이야기했다. 현재 그 직원은 도미니카 본부에서 회계부서 매니저로 일을 하고 있다. 이런 감동의 사연들이 나를 지속적으로 개발현장에 참여하도록 부르는 것 같다.

누군가가 꿈을 꾸게 할 수 있도록 하는 것, 기회를 제공하는 것 그것이 진정한 지속가능한 발전이라고 생각한다. 모든 변화의 시작은 개인으로부터 시작하는 것이라 믿는다. 내가 새로운 삶을 꿈꾸고 기회를 기다리고 그 기회를 주저 없이 선택할 때 내가 생각하지 못한 길이 열린다.

그렇게 나의 길도 열렸고 동시에 그 직원의 길도 열렸다. 만들어진 길을 따라가기는 쉽고 안전하다. 하지만 만들어지지 않은 길을 걷는 이들 때문에 모두가 꿈을 꿀 수 있다. 나도 길을 만들 수 있구나! 그렇게 되면 친구도 지인들도 그 길을 따라갈 수 있고 동시에 길을 만들어 갈 용기가 생기는 것 같다.

무엇을 위해
열심을 내는가?

모든 결정과 행동에는 동기가 있다. 나의 마음을 동하게 하는 원인은 다양하다. 타인의 시선을 만족시키기 위한 것이 있고 자아를 만족시키는 동기 등 복합적이다. 주체적인 삶을 살기로 시작한 20살 사소한 결정부터 중대한 결정을 모두 나 스스로 내렸다.

이 바탕에는 나를 끝까지 믿고 신뢰해 주신 부모님이 계셨기에 가능한 일이었다. 나는 20살에 방황 없이 명확한 목표를 설정하고 목표를 향해 전력 질주하면서 살았다. 중간에 멈추지 않고 전력 질주로 얻게 된 많은 이점이 있지만, 그에 따르는 부작용도 많았다.

목표 지향적인 내가 꿈꾼 인생의 원대한 목표는 세상에 소외된 계층을 돕는 일이고 이것이 나의 직업적 목표이기도 했다. 그런 꿈과 포부를 지닌 당시의 나에게 어느 누구도 자신의 내면과 마음을 살피는 것이 중요하다고 이야기해 주지 않았다. 어쩌면 누가 이야기해 줬어도 내 목표에 눈이 멀어 잘 새겨듣지 않았을지도 모른다.

많은 자기계발서에서는 분명한 목표를 세워 그 목표를 이루고자 하는 신념을 가지라고 이야기한다. 물론 그 자기계발서에서 말하는 대로 내가 확고한 목표를 갖고 한순간도 그 목표를 의심하지 않았기 때문에 30살이 되기도 전에 원하는 직업적 목표에 도달할 수 있었다.

나의 확고한 목표로 원하는 직업을 얻었으니 목표를 성취한 후에 나는 행복한 삶을 살고 늘 만족하는 삶을 살았을까? 예상했듯이 아니다. 목표설정 자체가 잘 못 되어서 나는 그토록 바라는 직업을 얻고 나서 수많은 자기 의심의 덫에 빠지고 모든 것이 무의미해지는 엄청난 공허감에 시달리게 되었다.

신념의 바탕에는 소외된 사람들을 위해 나도 무엇인가를 하고 싶다는 생각에서 시작되었지만, 그 신념을 이루는 과정에서 목표를 향해 달려가느라 나를 돌볼 기회도 시간도 갖지 않았다. 억울하지만 누구도 내면을 돌봐야 한다는 것을 나에게 가르쳐 주지 않았다. 나는 주어진 업무에 대한 책임감과 맡은 일을 최선을 다해 성사시켜야 한다는 압박감에 시달렸다. 매일 두통약을 먹어야 잠이 들 수 있을 정도로 과도한 스트레스를 안고 살았다.

그토록 원했던 직업을 얻은 2년이 지나는 시점에 나는 급기야는 이 모든 상황에서 도망치고 싶다는 생각이 들어 여러 번 퇴사를 고려하게 되었다. 과한 열정과 기관의 목표 설정으로 내 눈에 성이 차지 않는 직원들의 근무 태도, 나 혼자만 고민하고 애쓰는 것 같은 느낌, 타국에 혼자서 조금이라도 지역에 있는 사람들을 살리겠다고 고군분투하는 꼴이 우습기까지 했다.

도대체 나는 무엇을 위해 그렇게 열심히 국제개발사업 프로젝트를 하겠다고 경험을 쌓고 끊임없이 나를 갈고 닦았던 것일까? 한순간 꿈을 품고 그 꿈을 이루기 위해 노력했던 모든 것이 무의미해졌다. 조직을 경영하고 이끄는 경험이 없었던 나는 모든 것에 시행착오를 겪어야 했고 언어도 문화도 다른 이들의 행동과 사고방식을 끌어 앉고 동기부여를 하면서 조직을 이끌어야 했다.

한 번도 의심하지 않았던 나의 목표를 이루는 순간, 좌절이 시작되었다. 스페인어를 못하니 영어로 소통을 해야 했고 영어가 서툰 직원들과 마음 깊은 소통이 가능하지 못했다. 그렇게 오해가 쌓여서 직원을 내보내야 하는 상황도 생기고 그만두는 직원도 있었다.

의심 없이 선한 의도로 시작한 내 목표의 종착역은 행복과 만족이 아닌 고통과 괴로움의 연속이었다. 거기에 리더라는 자리로 인해 외로움이 더해서 나의 고민과 어려움을 나누고 토로할 사람이 없었다. 하지만 왜인지 모르게 약한 모습을 보이면 안 된다고 생각해서 더 밝게 더 당당하게 행동을 하니 내 주위 사람들은 내가 어떤 어려움을 겪고 있는지 전혀 몰랐다.

당시에는 몰랐으나 지금 돌이켜 보면 반드시 필요했던 내면 성장의 시간이었다. 나를 제대로 돌보는 방법을 몰랐던 나는 혼자 보내는 시간 동안 잠으로 스트레스를 이겨냈다. 약 10시간이 넘게 매일 잤다. 달리 어떤 식으로 어려움을 풀 수도 스트레스를 해소할 방법을 몰라 잠으로 이겨냈다.

내가 도망가면 실패라는 생각이 자꾸 들었다. 그토록 원했던 일을 그만둔 이후에 어떤 목표를 갖고 살아야 할지 막막했다. 인생의 사명이라고 생각하고 개발현장 한가운데 있으나, 계속되는 직원 간의 소통과 업무 진행, 문화적 차이에서 오는 충돌이 빈번하게 발생했다. 갈등이 있을 때마다 나 자신을 끊임없이 의심했다. 모든 것을 잘 해결하지 못하는 나의 능력 부족 탓 같았고 직원들을 잘못 뽑은 것도 내 탓, 직원들이 그만두는 것도 내 탓 같았다. 현장에 계획한 프로젝트가 지연되는 것도 모두 내 탓 같았다.

도망가지 않고 정해진 임기만 잘 마쳐보자는 생각으로 임기 2년을 지나고 있을 즈음에 자꾸 우울함이 찾아 왔다. 현실을 잊게 해주는 잠으로 스트레스를 꾸역꾸역 달래고 있었으나, 잠 못 드는 밤도 많이 있었다. 그렇게 내 마음은 피폐해져서 도저히 사무실을 가서 직원들을 만나고 일을 할 에너지가 생기지 않았다. 퇴사하고 도망가느냐 다른 방법을 찾느냐 갈림길에서 과감하게 1달이라는 휴가를 쓰고 나는 한국에 가서 심리상담을 받기로 했다.

나의 마음 상태는 가히 정상은 아닌 것 같아서 적지 않은 비용이 들지만 심리 상담전문가의 도움을 받고 싶었다. 한 번도 받아 본 적 없는 심리상담에 망설임도 있었다. 그러나 첫 상담을 시작하고 내 이야기를 쏟아내는데 얼마나 울었는지 모르겠다. 첫 상담에서 선생님의 한마디 때문이었다. '얼마나 애썼어. 그래… 혼자 타국에서 누군가를 위해 일하는 것이 얼마나 대단한 일인데, 얼마나 애썼는지 이야기만 들어도 알겠네요.' 이렇게 말씀 하셨다. 나는 어쩌면 이렇게 고군분투하는 내 모습을 누군가 알아주기를 바랐나 보다. 나의 어려운 마음을 진심으로 알아주고 공감해 주는 이 한 명이 필요했을지도 모른다. 상담 선생님의 한마디에 나는 내 안에 있는 모든 방어적 마음이 무장 해제되면서 선생님을 만날 때마다 울었다. 모든 게 내 탓이라고 생각했던 나에게 너무 대견하고 애쓰느라 고생했다고 다독거려준 한 사람의 말이 필요했던 것이었을까? 한 달이라는 짧은 시간이었지만 상담 선생님과 4번을 만나면서 깊은 공감과 정서적 위로를 얻었다. 자신을 자책하지 않고 나를 대견하다고 다독거려주기로 했다. 그런 자신의 위로로 나는 다시 움직일 힘을 얻었다.

리더십도
배울 수 있나요?

어디선가 본적이 있다. 진정한 리더는 내가 사람들에게 따라오라고 강요하는 것이 아니라 구성원들이 리더를 자발적으로 따르는 것이다. 본의 아니게 리더의 자리에 앉아서 언어도 문화도 다른 구성원들을 이끌고 동일한 비전과 목표를 제시하면서 구성원들과 조화로운 관계를 유지하는 일을 했다.

나에게는 가장 어렵고 풀리지 않은 숙제와 같은 리더십은 프로젝트를 수행하는 것보다 더 어려웠다. 특히 후원금을 받고 펀드를 투명하고 효과적으로 낭비 없이 사용하려면 시간의 효율성과 자원 배분의 효율성은 필수였다. 직원들이 스스로 동기부여를 하여 일하도록 하는 것이 나에게는 정말 어려웠다. 지금

고백하지만 나는 한 시간 만에 끝내는 일을 왜 직원들은 일주일이 지나도 못 끝낼까 생각하면서 불만을 늘 품고 있었다. 상대방을 품고 이해할 만한 여력도 없었고 넓은 아량도 없었다.

내가 직원들에 대한 불만이 쌓이면 쌓일수록 직원들 입장에서는 나의 효율성과 속도감 있는 일 처리에 대한 요구는 힘들고 버겁게 다가왔을 것이다. 현장에 있으면 사실 많은 부분이 예측불허이다. 우리가 아무리 촘촘하게 계획을 세워도 어디선가 예상하지 못하는 상황이 생기기도 해서 하루를 날려버리는 일도 있었다. 그럴 때면 나는 여지없이 표정으로 나의 불편함을 드러냈다.

사람을 보기보다 일 중심적인 사고에서 비롯된 행동들이었다. 사람의 마음을 얻으면 안 될 일도 잘 풀린다는 지혜를 얻기에는 부족한 나이였다. 인사가 만사라는 말을 알면서도 쉽사리 일 중심적인 사고를 버릴 수가 없었다. 누군가를 붙잡고 진정한 리더가 되는 방법을 배우고 싶은 심정이었다. 리더십에 대한 책을 읽어보아도 실전에서는 활용하기 어려웠다. 밤늦게까지 회의를 하고도 철저하게 출근 시간을 지키는 나인데 교통체증을 핑계로 늦는 직원이 눈엣가시처럼 박혔다. 내가 한국에서 직장 생활만 했다면 고용인의 입장을 이해할 수 없었을 것이다. 기관을 대표하면서 나는 피고용인의 입장과 고용인의 입장을 이해하게 되었다.

약속은 반드시 지켜줬으면 하는 바람, 마감일을 정해주지 않아도 알아서 척척 결과물을 가져왔으면 하는 바람, 디테일한 지시 없이도 기획안을 척척 잘 가져오기를 바라는 바람 등. 이런 상사의 기대에 부응하려면 얼마나 직원들은 열정을 쏟아야 할까 생각해본다. 나를 좋아하고 따르는 직원들도 있었지만 이런 나의 방식에 불만을 품는 직원들도 있었다.

내가 도미니카공화국에서 대표로 직원들을 꾸린지 한 3개월 정도 되었을 때 한 직원은 나에게 너무 차갑다는 말을 했다. 아침에 직원들에게 안부 인사도 없이 바로 업무를 하는 나의 모습이 이상하게 느껴졌다고 한다. 한국에서 직장생활하는 나에게는 생소한 요구였다. 아침에 '굿모닝' 한마디로 충분하지 않은 사실도 충격적이었고 친근하지 않다는 요구를 당당히 하는 것도 충격적이었다.

캐리비안 문화 역시 같이 일하는 사람들과 이야기도 나누고 서로 친밀한 시간이 필요했는데 나는 그런 모든 과정을 건너뛰고 인사만 하고 내 할 일만 했으니 그것이 그들 눈에 이상하게 보였을 것 같다. 더욱이 한시가 급하고 일을 빨리 처리해야 한다는 마음이 늘 한쪽에 있어서 나는 직원들과 제대로 소통하고 인간적인 교류를 할 마음의 여유가 전혀 없었다.

사실 모든 일은 사람이 하는 것인데 사람을 돌보지 않고 일에만 집중하는 것은 어리석은 일이다. 일밖에 모르는 나에게 나름의 경종을 울리는 말이었지만 당시 나는 그런 직원의 불만조차도 배부른 불평으로 생각했다. 지금은 온라인으로 서로 연락을 주고받는 사이가 되었지만 결국 용감하게 불만 사항을 드러냈던 직원은 이직해 버렸다. 일 중심적인 사고를 버리기까지는 사실 꽤 오랜 시간이 걸렸다. 모든 일은 사람이 진행하고 일을 같이하는 팀 역시 사람과 사람 간의 관계에서 비롯하는 시너지 효과라는 것을 뒤늦게 배웠다.

인사가 만사라는 진부한 말이 나에게 여전히 진리처럼 느껴지는 것은 우리가 하는 모든 일이 사람의 손을 거치지 않은 것이 없기 때문이다. 팀 내에 상사와의 관계가 인간적으로 불편하면 모든 소통과 업무는 불편해지기 마련이다. 지금도 역시 사람과의 긍정적인 관계 속에서 일어나는 시너지의 힘을 믿는다. 직장생활하면서 모든 직원을 기쁘게 해줄 수는 없지만 적어도 조직 구성원이 조직 리더에 의해 챙김을 받는다는 느낌을 받을 때 구성원이 만들어 내는 업무의 결과에 큰 차이가 있는 것은 분명하다.

마음을 나누는 소통이면
충분해

언어는 그 나라의 문화도 담고 있다고 생각을 한다. 외국어를 할 때는 뇌에서 모국어를 담당하는 창을 닫고 온전히 외국어식 사고를 하고 언어를 습득해야 속도가 빨라진다. 다양한 언어를 잘하는 것은 아니지만 영어 말하기를 연습하고 공부하면서 외국인과 소통의 묘미를 느꼈다. 일본에서 교환학생 시절 모든 대학교 내 수업은 영어로 진행되어 일본어 구사가 필수는 아니었다. 당시 나에게 영어를 배웠던 일본 어린아이들과 소통을 하고 싶어 일본어를 열심히 공부했다.

한국어와 일본어는 문장 구조가 비슷하고 한자 문화권이라 영어를 습득하는 속도 보다 훨씬 더 빠른 속도로 일본어를 습득했다. 그리고 나의 세 번째 외국어는 스페인어였다. 정식 스페인어가 아닌 캐리비안식 스페인어를 습득했다. 일에 치여서 따로 스페인어를 공부할 시간은 없었지만 매일 직원들과 주민들과 소통하는 과정에서 자연스럽게 노출이 되면서 이해하는 단어와 문장들이 많아졌다. 흡사 모국어를 배우는 것처럼 귀가 먼저 뜨이고 다음은 입이 트이는 순서대로 스페인어를 습득했다.

도미니카공화국 문화는 상당히 매력적이다. 사람들은 춤을 즐기고 여유가 넘친다. 관광하러 온 사람들은 이 나라가 주는 매력에 흠뻑 빠진다. 사람들 얼굴에는 미소가 가득하고 여유로워서 북미사람들에게 굉장히 인기가 좋은 휴양지이기도 하다.

나는 이런 문화의 좋은 점을 마음 놓고 즐길 수가 없었다. 일반화를 할 수 없지만 한국 사람들에게 쉽게 찾아볼 수 있는 근면 성실함은 사실 도미니카공화국 직원 중에서 찾기가 매우 어려웠다. 다른 문화권의 사람과 일을 함께하려면 다름을 인정하는 것이 최우선시되어야 한다. 여유를 중요시하는 주민들과 함께 일을 진행하는 어려움이 있었는데 마감일은 의미가 없다. 특히 지방정부와 약속한 한 달이 지나서도 시행되지 않은 것이 이상하지도 않다. 서류상으로 약속된 사안 역시 크게 중요하게 여기지 않는 사회적 분위기 때문이기도 했다.

이러한 문화와 언어 차이에도 내가 지속적으로 일을 할 수 있는 동력은 아이들이었다. 아이들의 꿈은 한계가 없다. 당시 아동 결연을 통해서 한국에 후원자와 도미니카공화국 아이를 연결해서 후원하는 시스템인데, 처음 아이들의 정보를 받을 때 장래희망도 같이 조사한다. 현실을 반영한 장래희망이 아닌 한계 없이 품을 수 있는 꿈들이었다. 현장에 가서 주민들과 아이들을 만나는 시간은 나의 일 중 최고 하이라이트이다. 아이들은 편견이 없고 순수하다. 나라의 미래가 될 아이들에게 투자하는 것이 가장 빠른 길이라고 생각한다. 내가 아니어도 이런 일을 할 사람이 많다고 생각하는 순간 나에게 도망칠 수 있는 핑계가 생긴다. 반대로 나라도 힘들고 어렵지만, 자리를 지켜 가겠다고 생각하면 쉽사리 떠날 수가 없어진다.

일하는 문화가 다르고 언어가 다르고 정서가 다르지만, 이 모든 것을 뛰어넘는 것은 바로 아이들에 있다. 꿈을 품고 살아가는 아이들에게 한낱 꿈이 아닌 여러 사람의 도움으로 그 꿈을 실현할 수 있도록 만드는 역할을 감당하고 싶었다.

문화적 차이를 완벽하게 극복하는 것은 사실 불가능하다. 하지만 공통의 관심사가 있고 말이 잘 통한다면 우정을 쌓을 수 있다. 초기 세팅 구성원으로 참여해서 기관을 나간 후에도 지

직원들과 가족들과 야유회

속적으로 우정을 유지하는 친구가 있다. 모든 것이 낯선 나에게 문화적인 조언이나 사회적·관습적 조언, 그리고 정치적인 문제도 현지인의 시각으로 조언을 해주는 친구이다. 그 친구가 개인적으로 어려운 일을 겪을 때 나도 옆에서 힘이 되어 주고, 서로가 위기 상황에서 정서적으로 지지를 해줬다.

언어의 벽으로 내가 잘 판단하지 못하는 부분에 대해서도 도움을 주고 나에게 조언을 줬다. 감정에 휘말리지 않고 객관적으로 직원들을 평가하는 것에 대해서도 배웠다. 이 친구는 나중에 미국에서 석사를 마치고 영국에서 박사를 마친 뒤에 본인 고국에 도움이 되고자 사회학 연구자로 도미니카공화국에서 일하고 있다. 살아온 배경도 인종도 나이도 문화도 다르지만 내가 이방인으로 고군분투할 때 나에게 정서적 지지와 객관적인 관점으로 도움을 주었다. 이 친구와는 오랜 시간 인연을 이어가고 싶다.

스페인어가 점점 익숙해지고 직원들과도 서로 마음을 나누며 신뢰 관계를 쌓기 시작했다. 나 역시 프로젝트가 일정대로 진행되지 않아도 점점 여유를 찾아갔다. 진심으로 일하면서 마음이 통하면 오히려 수월하게 일이 진행되는 일을 경험하기 시작했다.

Part 2

나의 작은 생각이
누군가의 인생을
바꾼다면

타인이 책임지지 않는
나의 선택

　부자는 부자가 되고 가난한 사람은 계속 가난하게 되는 자본주의 시스템을 미워했었다. 세계 불평등의 원인이 신자유주의 사상을 기반으로 약한 국가를 약탈한다는 경제학서들을 읽고 공부하면서 자본주의는 몹시 나쁜 시스템이라고 치부하기 바빴다. 자본가들은 계속 돈을 버는 시스템 속에서 약자와 약한 국가들은 저항하지 못하고 자본주의에 무릎을 꿇고 불행한 삶을 맞이할 수밖에 없다고 생각했다. 그래서 나는 개발 정책을 만들고 연구하는 일을 하고 싶었다.

　자본주의 시스템에서 폐해를 보는 이들을 정책적으로 보호

하고 싶었다. 단순하게 UN 입성을 꿈꾸던 젊은 아이는 더욱 구체적으로 고민하고 내가 할 수 있는 일이 무엇인지 생각하게 되었다. 영국에서 공부를 마친 나는 영국에서 오랜 기간 생활을 하기로 마음을 먹었지만 갓 석사를 졸업한 외국인이 영국에서 개발 정책과 관련된 일의 기회를 잡는 것은 로또 당첨보다 더 어려웠다.

세계의 불평등을 생각하고 고민하는 나의 현실은 당장 살고 있는 집의 월세를 위해 벌어야 했다. '그래 제대로 취업할 때까지만이야.' 이렇게 생각하고 영국 런던 다운타운 한인 레스토랑에서 아르바이트하고 번역 일을 하면서 매일 구직 생활을 했다. 2009년 당시 글로벌 리세션(일시적으로 경제가 후퇴하는 현상)으로 경제가 얼어붙은 상황에서 나와 같이 공부를 했던 영국 친구들 역시 직장을 구하기가 어려웠고 유럽 친구들은 다들 본국으로 돌아갔다. 세계 빈곤 문제보다 더 시급 한 건 나의 생존 문제였다.

이미 대학원 등록금을 내기 위한 빚이 있었기 때문에 나는 레스토랑 아르바이트와 번역 일로는 빚을 갚거나 일상생활을 할 수가 없었다. 마음속엔 약자에 관한 생각이 늘 있었으나 하늘이 나에게 전혀 기회를 주지 않는 것 같았다. 엎친 데 덮친 격으로 매일 성실하고 열심히 일하는 나에게 당시 유행하던 스와

인 플루에 걸려서 일주일이 넘게 혼자 방에서 병원도 못 가고 그냥 앓았다. 그때는 병원을 가볼 힘도 에너지도 없었다. 현지 교회에서 만난 한국 언니가 작고 초라한 내 방으로 병문안을 왔다. 그 언니는 호주에서는 컨설팅 회사에서 일했고 영국 온지 한 달 만에 너무도 쉽게 이직에 성공한 사람이었다.

내가 고군분투하면서 구직 활동을 하는 모습을 보고 언니는 한국에서 일 경력을 쌓고 언제든 다시 나오면 된다고 진심 어린 조언을 해 주셨다. 매일 나의 꿈을 이루겠다고 내 건강을 못 챙기는 모습을 본 나에게 매우 현실적이고 지혜로운 조언이었다. 버스비가 아까워서 40분이 넘는 거리를 매일 걸어 다녔다. 밥도 잘 못 먹고 매일 걸으니 나는 점점 말라서 자신감도 많이 떨어진 상태였다. 이젠 꿈이고 다 필요 없으니 제발 취직만 되라 하는 마음으로 이력서를 아무 곳이나 뿌려 대기 시작했다.

내가 왜 공부하고 싶었고 어떤 분야에서 일하고 싶었는지 완전히 잊은 채 그냥 매달 월급이 나오는 번듯한 직장을 갖고 싶었다. 영국에서 공부를 마치면 쉽게 유럽지역에 취직이 될 거로 생각했지만, 그것은 착각에 지나지 않았다. 이렇다 할 관련 직장 경력이 없고 학위만 있는 나는 다른 사람들에 비해 경쟁력이 없었다. 그러다 영국 내 한국기업을 기웃거렸다. 자본주의를 미워했던 내가 대기업이라니… 이력서를 보내면서도 마음 한쪽이 씁쓸했지만 당장 직장이 필요했다. 한국 모 대기업 영국법인 면접 연락을 받게 되었다. 그리고 면접을 보고 돌아오는 길에 내가 무엇 때문에 공부하고, 왜 공부를 하려고 하는지, 무슨 직업을 갖고 싶었는지 생각하며 초심을 떠올렸다.

바로 다음 날 한국으로 돌아가는 항공권을 예약했다. 내가 영국에서 취직하는 것이 목표가 아니라 정책적으로 자본주의의 사각지대에 있는 사람들을 돕고 싶다는 애초의 목표를 되뇌었다. 나에게 병문안을 와서 조언해준 언니의 말이 기억이 났다. 그렇게 제일 싼 항공권인 차이나 항공을 끊어서 한국으로 돌아왔다. 패잔병이 된 느낌이었다. 세상을 바꾸고 싶다는 열망으로 불평등을 해소하고 싶다는 생각으로 무리해서 학자금 대출까지 받아 대학원 진학을 결심하고, 개발 정책 일을 해내고 말리라 선언하고 떠났던 나는 1년 반 만에 몸무게가 10kg 이상 줄었고 갚아야 할 대출금만 잔뜩 안고 한국으로 돌아왔다. 말라도 너무 마른 나의 모습을 보고 엄마가 꽤 마음 아파하셨다.

한국에 돌아온 나는 당시 대학생인 친동생 원룸에 얹혀살면서 구직을 시작했다. 경제정책연구소에 들어가서 경험을 쌓고 다시 밖으로 나가면 된다는 생각으로 연구 인턴 모집공고에 지원했다. 놀랍게도 한국에 돌아온 지 1달 만에 바로 취직을 했다. 그렇게 인턴직에서 위촉연구원 신분으로 에너지경제 관련 국책연구원으로 일을 시작했다. 명함이 생기고 내 자리가 생기고 너무 신나는 경험이었다. 하지만 그 경험도 잠시 내가 상상했던 정책연구과정은 매우 달랐다. 나에게 주어진 일은 자료를 모으고 데이터를 취합해서 연구 담당 박사에게 넘겨드리는 일이었다. 매일 숫자만 보면서 데이터를 모으고 전달하고 시키는 일만 하는 지식노동자가 되어 있었다.

하지만 지식노동자의 대가인 월급으로 대학원 학비를 전부 청산했고 자신감도 많이 회복되었다. 여전히 내 마음속에 해결하지 않은 꿈은 지속적으로 나를 괴롭혔다. 이대로 연구직에 몸담고 있을 것인가, 개발현장 책임자로 일할 것인지 고민이 되었다. 세계 불평등 해결에 기여하려는 사명은 나를 끊임없이 고민하게 하고 움직이게 했다. 나는 굉장히 평범한 사람이다. 단지 가난으로 고통받는 사람들을 향한 마음이 커서 어떤 방법으로든 돕고 싶었다. 그래서 순수한 이타적인 사람이 아닌 나의 자아실현의 방식이 타인에게 도움이 되었다.

어떤 방식이든 도움을 주는 삶을 살고자 나는 지속적으로 도전하는 삶을 선택했다. 모든 선택은 온전히 나의 몫이었다. 누군가 등 떠밀어서 연구원이 되라고 한 적도 없고 누구도 나에게 유학을 권하지도 않았다. 누구도 나에게 세계 불평등 해소를 위해 일하라고 하지 않았다. 나는 그저 자본주의라는 시스템 아래 그저 손쓸 수 없이 기회조차 잡지 못하고 미래를 꿈꾸지 못하는 사람들에 대한 마음이 늘 쓰였다. 모두가 이 시스템은 가난한 사람들은 게으르고 노력을 하지 않아서 가난하다고 프레임을 입히고 받아들이는 사실이 끔찍하게도 싫었다. 구걸하는 어린아이들을 당연하게 여기며 모두가 무관심한 사실이 정말이지 끔찍했다. 약자를 위한 기부나 봉사는 당연한데 마치 그것이 대단한 일이라고 치켜세우는 것도 싫었다.

주어진 제도를 받아들이는 것이 아니라 조금이라도 나은 방향을 같이 고민하고 찾는 이들이 많기를 바라는 마음이었다. 유난스럽게 앞장서는 것이 아니라 사회의 일원이 되어 조용하고 묵묵하게 나의 길을 걷고 싶었다. 그 방식이 정책적으로 기여를 하든, 현장에서 기여를 하든, 기부로 기여를 하든, 어떤 방식이든 참여하는 삶을 살고 싶었다.

모두 같은 길을 갈 필요가 없고 우리에게 당연하다고 생각하는 일들을 의심하고 질문하면서 의문을 갖기를 감히 말하고 싶다. 정말 가난한 사람은 게을러서 가난해졌나? 모두에게 정말 동등한 기회가 주어진 걸까? 돕기만 하면 자립하고 싶은 마음이 사라지는가?

거창한 희생정신이 없이 나의 것을 챙기면서도 타인을 돕는 방법이 있다. 개괄적으로 보면 가정이든 직장이든 직·간접적으로 우리는 늘 타인을 돕는 일을 하고 있을지 모른다. 단지 표면으로 드러나지 않아서 내가 타인을 돕는다는 생각을 하지 못할 수 있다. 엄마의 역할을 통해 내 아이를 훌륭한 사회 구성원으로 양육하는 것 역시 굉장히 이타적인 행동이다. 내가 영리를 추구하는 직장에 다녀서 직장의 구성원으로 내 직무를 열심히 잘 해내는 것 역시 이타적인 행위이다. 나의 회사에서 판매하고 제공하는 물건이나 서비스가 누군가에게 편리함을 가져다줄 수도 있기 때문이다. 곰곰이 생각해보면 나의 평범한 일상으로 누군가는 편리함을 누리며 도움을 받는 것이다.

사회적·경제적 약자를 위해 기여하고 싶은 생각으로 나는 지금도 집요하게 고민하며 실천하고 노력하는 중이다. 덕분에 같은 비전을 품는 남편도 만나게 되고 이젠 혼자만 꿈꾸는 삶이 아니라 함께 비전을 품고 오늘을 살고 있다. 우리가 누리고 있는 이 혜택들이 누군가의 상상력에서 비롯된 것이라는 책 제목을 본 적이 있다. 비행기, 스마트폰, 콘텐츠를 즐기는 유튜브, 이 모든 것이 누군가의 상상이 실현된 결과물이다. 그러므로 나는 더욱더 분명하게 상상하고 생각한다. 많은 이들이 나의 이야기를 통해 누군가 스치듯 생각했던 나눔의 가치, 불평등,

경제적·사회적 약자에 대해 조금 더 진지하게 생각해보고 나는 무엇을 할 수 있을까 고민하는 것에서 실행으로 옮길 수 있을지 오늘 한번 생각해보는 것은 어떨까?

혼자서도 할 수 있는
세상을 위한 일

　지금 캐나다에서도 국제개발 프로젝트 모금 관련 일을 병행하고 있다. 코로나로 전 세계는 큰 변화를 맞이했다. 다행히도 백신이 빠르게 보급되고 있어서 코로나 종식이 눈앞에 보이는 기대감도 있다. 예상치 못하는 바이러스로 사회적·경제적 약자는 물론 소상공인들 역시 큰 변화를 맞이했다. 코로나가 막 창궐했을 때, 마스크가 부족 했던 당시 사람들이 마스크를 기부하는 행렬이 이어졌다. 식당을 운영하는 이들은 문을 닫고 코로나로 직장을 잃는 가정에 무료로 음식을 제공했다. 록다운으로 집에서 혼자 계셔야 하는 어르신들을 위한 말동무 봉사활동이 있었고, 경제적으로 어려움을 겪는 이들을 위한 모금 활동을 활발하게 이어졌다.

　나 말고 다른 사람을 생각하고 돕는 것은 큰 위인들만 하는 일이 아니다. 코로나로 고군분투하는 의료진을 위해 커피를 무료로 제공하는 일은 큰 노력이 필요하지 않지만, 마음이 따뜻해지고 고생하는 이들을 위한 감사의 표시이다. 이런 작은 감사의 표현도 세상을 위한 일인 것이다. 사실 뭔가 세상을 위해 좋은 일을 하고 싶지만, 이 방법을 몰라서 너무 유난스럽게 보고 생각만 하는 사람들이 많다.

　혹시나 국제개발이라는 분야에 관심이 있고 세상을 위한 무언가 하고 싶은 젊은 사람들에게는 적극적으로 해외 봉사 및 국내 봉사를 경험해 보라고 추천하고 싶다. 약 10여 년이 넘게 국제개발 일을 하면서 수많은 봉사자를 만났다. 어떤 이들은 봉사활동 이후에 다른 분야에서 일하기도 하고 어떤 이들은 관련된 기관에 취업해서 지속적으로 국제개발 분야에서 일하기도 한다. 또 어떤 이들은 봉사자로 파견된 국가에 정착해서 현지 기업에 취직하기도 한다.

　진정으로 세상을 위해 기여하고 싶은 생각으로 시작한 봉사자도 있지만 스펙을 쌓거나 경험을 쌓기 위해 온 사람도 있다. 처음 생각했던 것과 달라서 중도에 귀국하고 계획을 변경하기도 한다. 이러한 경험을 하지 않고는 내가 해외 생활에 접합한

지, 어떤 분야의 일을 할 때 열정이 생기는지 등 미래 커리어에 대해서 진지하게 생각하기는 힘들다.

나 역시 경험주의자 성향이 강하다. 궁금하면 일단 시도해보아야 하고 알고 싶으면 무작정 해보려고 하는 편이다. 젊을 때 나의 젊음을 바칠 만한 가치가 있는 일인지 알고 싶다면 봉사활동은 크게 도움이 된다. 1년이 아니더라도 한 달이나 두 달 정도의 경험도 앞으로 무엇을 하면서 살고 싶은지 결정하는 데 도움이 된다. 같은 국제개발단체에서 만난 남편도 단기 봉사활동을 계기로 국제개발 분야에서 일을 시작하였고 단기 봉사만 여러 번 다니다가 장기 봉사 활동을 거쳐서 일하게 된 경우이다.

도미니카공화국 사무실에서 자원봉사를 하고 싶다고 사무실을 방문했던 한 친구는 스페인어를 배우러 온 경우이다. 남는 시간에 경험도 쌓을 겸 행정 업무 및 사진 촬영 등을 도왔다. 후원자들에게 보낼 사진을 찍고 파일을 정리하고 간단한 작업이었지만 최선을 다해서 맡은 일을 완수했다. 작은 일에 성실한 사람은 큰일도 역시 성실하게 임한다는 불문율은 여기에도 적용된다. 내가 캐나다로 와서도 연락을 주고받다가 만나기도 했다. 지금은 유엔자원봉사단(UN Volunteer, 독일 본 소재)으로 선발되어서 중남미 국가에서 일하고 있다. 미국 교환학생을 거치고 인도에서 인턴 생활을 하고 대사관 행정 업무를 하고 결국은 돌고 돌아서 열정을 갖는 분야를 찾고 일을 하게 되었다.

인생은 한 치 앞도 몰라서 더 재미있다. 새로운 경험을 해 볼까 말까 할 때는 주저 말고 짧은 기간이라도 경험해 보라고 권하고 싶다. 내가 결심만 하면 되고 부차적으로 세상이 어떻게 변하는지도 경험할 수 있다.

품위 있는
삶이란

지금 우리가 살고 있는 시대는 빨리빨리와 단순함에 사로잡혀 있다. 어마어마한 인기를 누리고 있는 SNS 틱톡은 짧은 영상으로 사람들을 사로잡는 콘텐츠를 전달하는 플랫폼이다. 사람들은 열광하고 15초의 재미를 만끽한다. 우리 삶에 필요한 깊이 생각하기나 심사숙고라는 단어는 15초 영상이 유행하는 시대 속에서 어쩐지 꼰대 냄새가 나고 구시대적 발상을 대표하는 단어들이다.

한국의 주입식 교육을 받아 온 나의 세대는 대학교에 들어가서 당황한다. 토론이나 생각하는 방법에 대한 훈련 없이 입시를 위해 달려왔는데 대학생이 되고 나니 내 생각을 써내는 리포트를 써야 하고 상대방의 의견을 반박하는 토론을 해야 한다. 많은 이들이 리포트 내용을 어디선가 긁어서 제출하든지 혹은 돈으로 사서 제출하는 경우가 빈번했다. 토론과 리포트는 타인의 의견을 듣고 토론해 본 적이 없는 갓 졸업한 고등학생에게 가혹해도 너무 가혹하다. 입시에서 해방되었으나 또 다른 방식으로 대학교육은 나에게 생각하기를 강요한다. 이런 세대에 자신의 삶의 가치와 철학에 대해서 생각할 기회는 많지 않다. 사회의 요구대로 대학교를 졸업하고 좋은 직장을 위해 또 달릴뿐이다.

우리는 어쩌면 부모님이 기대하는 삶, 사회가 요구하는 길에 갇혀서 내가 정말 원하는 삶을 생각할 기회를 빼앗겼을지도 모른다. 사회가 요구하는 평범한 삶이라는 평균의 함정에 갇혀서 다른 사람이 걸어간 길을 강요받았을지도 모른다. 말 잘 듣고 문제 안 일으키는 사람이 잘사는 삶이라는 메시지로 그저 엄마·아빠의 말을 잘 듣는 것이 도리라고 믿고 살았다. 이제 나의 삶에 대해서 생각해 볼 여유가 생겼는데 내가 진짜 원하는 것이 무엇인지, 내가 추구하는 가치가 무엇인지 30대 중반이 되어도 모르는 경우가 많다. 내가 뭘 좋아했지, 내가 무엇을 할 때 행복하지, 이 행복과 만족은 타인의 시선을 만족하기 위한 것인가, 진짜 내 안에서 원하는 것인지 헷갈려 하는 경우가 많다.

유행에 민감하고 타인의 시선에 민감한 우리는 유행에 발맞추기 위해 애를 쓴다. 유행을 따르는 사람이 되려고 내가 진짜 원하는 것에 목소리를 기울이지 않고 누군가의 시선을 만족시키기 위해 애를 쓴다.

우리는 에너지와 젊음을 좀 더 가치 있는 곳에 몰두하도록 장려받기보다는 사회적 통념에 따라 다수가 선호하는 길을 가려고 애를 쓴다. 대학을 가면 전부일 것 같았던 우리는 대학 졸업 후 취업을 고민해야 했다. 취업 후에는 결혼을 고민하고 그리고는 집을 사는 것을 고민하면서 재테크를 고민한다. 직장 생활을 하다 보면 너무 피곤해서 책을 읽을 시간도 나의 삶을 돌아볼 시간도 없다. 그래서 나의 인생은 내가 꿈꿔 온 대로 사는 삶인지 내가 원하는 삶인지 분간할 틈이 없이 다른 사람이 올려놓은 화려한 포스트와 영상에 정신을 빼앗긴 채 그렇게 하루를 마무리하는 경우가 많다. 대리만족이라는 차원에서 한창 먹방 유튜브 영상이 유행하고 있다. 어디선가 들리지 않는가? 다들 그러고 살아, 평범하게 사는 게 제일 어렵다는 지리멸렬한 충고들.

우리는 각자 생김새도 성격도 자라온 환경도 다른데, 같은 길을 가려고 대한민국은 애를 쓰고 있다. 집 한 채 있으면 정말 행복한 것 같고, 해고 걱정이 없는 정규직 직장이면 정말 좋다.

남부럽지 않은 삶을 살고 있다고 스스로를 위안한다. 어떤 형태의 삶의 모습이든 인정받는 것은 힘들어 보인다. 특별한 사람들이 유별나게 행동하는 것이라고 치부하고 나와는 거리가 멀다고 생각한다. 나와 남편은 공장식 축산 산업이 환경에 얼마나 큰 영향을 미치는지 다룬 다큐멘터리와 책을 보고 채식을 결심했다. 사실 조금만 관심을 기울여 가축 산업이 우리가 살고 있는 환경에 어떤 영향을 미치는지 생각해보거나 찾아보면 고기를 먹지 않기로 한 결심은 자연스러운 것이다. 남과 다른 행동 패턴이 유별나거나 특별한 게 아니라 더불어 사는 사회를 위한 환경 조성에 필요한 작은 행동이다.

어려운 사람들을 돕는 복지재단에 시간으로 봉사하고 물품으로 기부하는 행동은 내가 특별하고 남들보다 선한 존재가 아니라 도움이 절실히 필요한 이들에게 표시하는 작은 마음 씀씀이라고 볼 수 있다. 대단한 부자이기 때문에 기부하거나 봉사를 할 수 있는 것이 아니라 하루에 치킨을 먹지 않는 돈을 모아서, 나의 주말을 반납해서 작은 성의를 보이는 것이다. 그렇게 타인과 약자와 더불어 사는 방법을 생각할 때 나의 삶의 가치는 빛이 난다. 타고난 이타주의가 아니라, 다른 존재의 삶을 내가 비로소 인식하는 것에서부터 품위는 나온다.

인간은 누구나 남을 돕고 싶어 하는 마음을 갖고 태어난다고 믿는다. 작은 강아지가 위험한 도로에 있는 것을 보고 안타까워하는 마음, 급식비가 없어서 물로 점심을 때우는 학생들을 보고 돕고 싶다는 마음, 전쟁으로 삶의 터전을 잃어버린 이들에게 안전한 쉼터를 제공하고 정착할 수 있도록 돕고 싶다는 마음. 그 마음이 행동으로 구체화 될 때 우리 안에 지닌 선한 마음은 빛을 발한다.

파타고니아 기업의 창립자는 젊은 시절부터 암벽등반을 하고 대부분을 캠핑하면서 보내고 자연에서 잠을 자거나 야외에서 많은 시간을 보냈다고 들었다. 그리고 암벽등반 제품 판매로 사업을 시작했지만 다른 기업과 다른 점은 환경을 생각한 제품을 고민하고 만들어 냈다는 것이다. 또한, 불필요하게 옷을 사지 않도록 고쳐 쓰는 프로젝트도 진행한다. 이 기업은 매출의 1%를 환경단체에 후원하고 있다. 파타고니아의 유명한 광고 '사지말라'로 소비자들은 환경을 중시하면서 동시에 상생하는 기업에 호감을 느끼고 그런 기업의 물건을 찾게 된다.

착한 소비라는 키워드가 몇 년 전에 유행했다. 내가 쓰고 있는 이 물건이 어디에서 오고 어떻게 만들었는지 생각해보는 고민의 결과였다. 내가 가치 있는 삶을 산다는 것은 거창한 것이 아님은 분명하다. 내가 물건을 사더라도 한 번 정도는 이 물건이 어떤 기업에서 만들어졌고, 과연 이 기업은 아동노동 착취로 제품을 만든 것은 아닌지, 기부를 실천하는 기업인지, 이 제품이 재활용이 가능한 것인지 한 번만 다시 생각해보는 것이다.

심사숙고까지는 아니어도 한 번쯤 타인의 삶을, 내가 사는 환경을 고려해 보는 것, 우리 다들 한 번씩 해보았을 것 같다. 품위 있는 행동이 쌓였을 때 품위 있는 삶으로 이어지고 그것이 내 주변 사람들에게 영향을 미치는 것이다. 그럴 때 나의 가치는 실현되고, 내 삶을 내가 추구하는 방향으로 살게 되는 것이다. 품위를 쉽게 정의하지는 않겠지만 적어도 품위란 나 이외에 주변 사람과 환경과 동물과 다 같이 어울려 살기 위한 관심과 행동에서 우러나온다.

미셸 오바마가 2016년 필라델피아에서 유명한 연설을 했다. "그들이 저급하게 굴 때 우리는 품격 있게 간다(When they go low, we go high)." 품격과 품위, 뭔가 어려운 단어인 것 같지만 실상은 어려운 사람을 생각하고 존중하는 삶이라 생각한다. 공공연하게 한국에서는 임대아파트의 아이들과 어울리면 안 된다는 자가소유 엄마들의 이야기를 듣고 나는 작지 않은 충격을 받았다. 요즘 초등학생 아이들은 본인의 집이 몇 평이고 임대아파트의 개념과 자가소유의 개념을 다 알고 그것을 자랑처럼 이야기한다고 한다. 내가 사는 집으로 계급과 그룹을 나누는 사회는 분명 정상적인 사회는 아니다. 그것이야말로 저급한 행동이자 아이들에게 절대로 가르쳐서는 안 될 덕목이라 생각한다.

아이들이 자라서 사회에서 영향력 있는 위치에 있을 때 어릴 적 부모님의 말씀과 타인을 대하는 태도를 고스란히 물려받게 된다. 아이들을 키우면서 아이들이 얼마나 빨리 엄마·아빠의 말과 행동을 흡수하는지 보면 정말 놀랍다. 품위를 잃지 말자. 그 품위는 어려운 사람을 보면 손부터 내미는 것, 내가 살고 있는 이 환경을 이롭게 하는 것, 눈에는 당장 보이지 않아도 세상 어딘가에 식량문제로 고통받는 세계의 이웃들을 생각해보는 것에서 시작된다.

물론 이 생각들이 실천으로 이어질 때 그에 미치는 영향력은 어마어마하다. 아이들이 눈으로 엄마가 자연환경을 생각해서 플라스틱을 쓰지 않고 줄이는 모습을 보는 것, 등산하다가 보이는 쓰레기 하나 줍는 것, 공공시설을 나의 물건처럼 함부로 사용하지 않는 것, 무료로 제공한다고 함부로 흥청망청 쓰지 않는 것 등 생활 속에서 실천할 수 있는 것이 많다.

내가 특별한 생각 없이 일상에서 쓰는 에너지로 북극의 빙하가 녹아서 살 곳을 잃은 북극곰들, 바다에 함부로 버려지는 쓰레기로 오염된 바다의 심각한 모습, 각종 화학제품 사용으로 오염되는 토양, 가축 산업으로 엄청나게 배출되는 이산화탄소 등 나의 작은 행동이 모여서 우리가 살고 있는 이 환경은 돌고 돌아가 나에게, 나의 자녀들에게 영향을 미친다. 나 한 명이라도 마음을 쓰면서 살면 내 옆에 사람들이 영향을 받고 내 자녀들이 생각하게 된다. 그렇게 한 명이 미치는 영향은 우리가 상상하는 것보다 훨씬 크다. 작은 행동을 실천할 때 품위 있는 삶을 영위할 수 있다고 믿는다.

편 견 의 경 계
넘 어 서 기

가난한 나라를 바라보는 사람들의 시선과 편견은 다양하다. 대표적인 것은 사람들이 게을러서 가난하다는 편견이다. 자본주의 사회에서 내가 노력하면 반드시 부자가 될 수 있다는 강력한 믿음에서 기인한 편견일 것이다. 하지만 가까이서 지켜보면서 내가 만나고 경험한 수많은 가난한 사람들은 게으름이 원인이 아니라 자본주의 사회 안으로 들어갈 수 있는 진입장벽이 높아서이며 교육 받을 기회의 부족과 사회 안전망의 결여로 보였다.

미국에 레드존 정책에 대해서 들은 적이 있다. 인종차별 정책을 만들어 의도적으로 백인과 흑인의 주거 지역을 나눴다.

흑인 거주지에 사는 주민은 주택구매용 대출에 훨씬 불리하도록 만들어 결국 교육의 기회가 줄어들어 경제적인 차별을 받게 되었다. 제도적으로 좋은 동네에 살 기회를 완벽히 차단해 놓고 어떻게 같은 출발선에서 시작했다고 이야기할 수 있을지 의문이다.

이처럼 우리가 당연하다고 생각하는 것 중에서는 실제로 따져보고 검증하고 생각해야 할 부분이 상당히 많다. 나는 유학 생활과 해외 파견직 경험으로 다문화에 노출되고 다양한 인종의 친구들과 만날 기회가 많았다. 이런 경험과 환경 덕분에 특정 인종이나 문화에 대한 편견이 상당 부분 사라졌다고 생각하지만, 나 역시 늘 깨어 있으면서 혹시 내 안에 남아있는 편견을 넘는 연습을 매일 하고 있다.

몇 달 전 글쓰기 모임에서 만난 인연으로 컬러 테라피 모임에 참여했다. 팔레트에 놓인 공간에 자유롭게 색을 칠하면서 치유하는 과정을 느끼는 일종의 색깔 치유 세미나이다. 색으로 나의 마음을 표현할 때면 늘 물이 있는 풍경을 떠올리곤 한다. 물과 가까이 있는 빛을 떠올린다. 내가 칠한 색 중에 녹색, 빨간색, 노란색, 파란색이 있다. 노란색으로 각각 색깔의 경계를 허물어 주었다. 그리고 파란색과 노란색 사이에는 경계가 선명하지 않도록 심혈을 기울여 경계를 허물어줬다.

컬러 테러피를 가르치는 강사가 노랑과 파랑은 상반되는 의미의 색인데 두 개를 많이 썼다고 하셨다. 동시에 팔레트의 선을 넘지 않고 그 안에서 색을 채웠다는 것을 일깨워 주었다. 다른 분들을 보니 경계 안팎으로 색을 칠하거나 무늬를 넣었다.

나는 선을 지키는 사람인가 하는 생각이 들면서 경계와 선을 넘는 것에 대해서 생각해보았다. 내가 심리적으로 세워놓은 나에 대한 편견을 넘는 일은 매우 큰 노력이 필요하다. 어쩌면 두려움이라는 단어가 심리적인 경계선일지도 모른다. 그렇게 선을 넘고 내가 만들어 놓은 나의 편견의 선을 넘었을 때 그 이후로는 처음보다는 쉬워진다. 우리 옛말에 시작이 반이라는 말이 있지 않은가. 처음이 어렵지만, 일단 한번 시작하면 그 선을 넘어서는 것은 이미 절반 이상 이룬 것이다. 이런 편견은 대표적으로 사람들에게 적용이 되기도 한다. 첫인상으로 모든 것이 결정되고 사람들은 종종 첫인상을 그대로 갖고 사람을 대한다. 그 첫인상을 지우기 위해서는 여러 번에 걸친 경험이 반복되어야 그 첫인상을 지우게 된다. 그렇듯 첫인상은 중요하다. 우리는 학교 교육에서 혹은 부모로부터 세상을 배운다. 그때 우리가 맞이하는 세계에 대한 첫인상을 결정할 수 있다.

부모가 만약 특정 나라의 사람이 더럽고 무섭다고 이야기했다면 아이들 눈에는 특정 나라 사람은 더럽고 무섭다고 생각하게 된다. 벌레도 마찬가지다. 부모가 벌레가 무섭다고 이야기했다면 아이들에게 벌레에 대한 첫인상은 무서움으로 자리 잡는다. 지속적으로 교육이나 미디어에서 가난은 게으름의 결과라는 식으로 연결을 지으면 사람들의 머릿속에는 은연중에 편견이 생긴다.

인간은 은연중에 늘 합리적인 선택을 한다고 생각한다. 하지만 전혀 합리적이지 못하고 편향된 확증을 갖고 살아간다. 그것을 어떤 사람은 신념이라고 부르기도 하고, 근거 없는 믿음이라고 말하기도 한다. 누군가에게는 근거 없는 말도 안 되는 낭설이지만 누군가는 그것을 강하게 믿어서 사실로 받아들이고 그것이 신념이 된다.

예를 들면 아직도 지구가 평평하다고 믿는 사람은 어떠한 근거를 가져와도 조작되었다고 믿거나 절대 받아들이지 않으려고 한다. 누구나 편견이 있을 수 있다. 세상을 경험하고 배우면서 언젠가 자리 잡은 편견은 바꿀 수 있고 그 편견을 갖고 그대로 살아갈 수 있다. 자기 주도적 생각을 하고 살면 편견에 자유로울 수 있다. 미국에서 흑인 노예제도 철폐, 여성에게 투표권을 주는 일은 지금 생각하면 당연한 것들이 그 당시에는 미친 사람들이 혹은 급진적인 사람들의 주장이라고 생각하기 쉽다.

편견에 갇힌 채 세상의 본질을 알지 못하고 사는 것보다 본

질을 꿰뚫으며 나의 분명한 기준으로 세상을 사는 게 어쩜 어려운 일일지도 모른다. 내가 당장 불편하지만 편견을 넘기 위한 노력으로 인간의 본질을 알 수 있다면 과감히 편견을 뛰어넘는 연습은 충분히 가치가 있을 것이다. 사람을 향한 편견이 어쩔 땐 인권을 모독하는 일이기도 하다. 흑인이라는 이유로 이유 없이 차별받던 영화를 그린 〈헬프〉는 당시 미국 상황을 잘 보여준다. 우리나라는 다 같은 인간이지만, 피부색으로, 종교로, 문화가 다르다고 편견을 갖고 행동을 제약한다. 지금도 한국은 유색인종에게 굉장히 인색한데 한 실험에서 백인이 길을 물었을 때와 동남아 사람이 길을 물었을 때 사람들의 반응이 다르다는 것이다. 깊게 사로잡은 학습적인 효과이기도 하고 편견을 타파하기 위한 노력이 부족했다는 말이 될 수도 있을 것이다.

견고하게 진을 치고 있는 내 마음의 선(바운더리)을 무너트리는 작은 시도는 의미가 있음과 동시에 변화를 가져다준다. 내가 죽었다 깨어나도 못할 것 같은 일에 과감히 도전을 해 보거나, 그릇된 인식을 하고 바라봤던 특정 사람, 직군, 지역에 관한 생각, 이미 사고가 한쪽으로 굳어져서 의심조차 하지 않는 일들 말이다. 이는 나를 성장하게 하는 동력과 맞닿아 있다. 나의 정체된 생각을 휘저어서 나쁜 것은 가라앉고 내가 깨달은 통찰력 빛나는 작업을 지속적으로 진행할 때 내가 안전하고 견고하게 만들어 놓은 선들의 경계가 허물어지면서 새로운 관점을 갖고 세상을 바라볼 수 있지 않을까 싶다.

보이지 않는 가치
'인정'에 대하여

나를 돌아보지 않았던 시절 성취감에 사로잡혀서 나 스스로에게 쉼을 주고 내 몸의 목소리, 마음의 목소리를 존중해주는 것이 어려웠던 시기가 있었다. 가정과 직장이 안정이 되니 나 역시 안주하는 경향이 있었다. 최근 일 년 동안 이런 내 모습을 벗어나 새로운 것에 도전하는 시간이 있었다. 나를 끊임없이 채찍질하면서, 아침 5시에 일어나 운동을 하고 명상을 하고 책을 읽었다. 일 년이 지난 뒤에 목표한 것을 이뤘다는 뿌듯함은 남았지만, 여전히 마음속 한구석 공허함이 찾아 왔다.

자기 계발의 동기가 어디서부터 오는지 곰곰이 생각해보기 시작했다. 정말 '나'를 위한 일인지, 이 행동과 목표가 타인에게 보이기 위한 것인지, 잠시 멈추고 내 안에 마음의 동기를 열심히 살펴보았다. 그리고 해답의 실마리를 찾기 시작했다. 그리고 비로소 나를 돌아보게 되었다. 누구도 채워줄 수 없는 나의 존재 가치를 찾는 것이 중요하다는 것을 알았다. 타인의 인정을 받기 위해 노력하는 것도 그만두게 되었다. 단 하나의 신념을 가진 그대로의 나를 인정하는 연습을 시작했다. '너는 존재만으로도 가치가 있어. 나는 누가 사랑해주지 않아도 스스로 사랑해주는 것으로도 충분하다.' 이런 메시지를 끊임없이 되새겼다.

2020년 3월 코로나 상황으로 아이들도 나도 모두 집에 있게 되었다. 학교부터 유치원, 레스토랑, 회사 모두 문이 닫히면서 재택근무와 동시에 5살 쌍둥이 남자아이들을 돌보는 육아까지 해야 했다. 이때부터 시작된 전쟁 같은 상황에서 몸과 마음이 점점 힘들어졌다. 재택근무라는 환경도 낯선데 온종일 아이들을 봐야 하는 현실에 나의 마음과 육체는 지쳐갔다. 나를 위한 혼자만의 시간이 절실히 필요했다. 어디서든 돌파구를 찾고 싶었다. 그러다 〈The 5 AM Club〉이라는 책을 발견했다. 아침 5시에 일어난 사람들이 어떻게 삶이 바뀌었는지 구체적인 아침 루틴까지 자세한 설명이 담겨 있었다. 나는 몸과 마음이 피폐해졌기에 달라진 삶을 살고 싶었다. 책을 읽고 바로 5시 기상을 실천에 옮겼다. 책에 나온 대로 눈 뜨자마자 땀이 나는 운동을 하고 명상을 하고 성경을 읽고 모닝 저널을 썼다. 처음 2주는 몸이 천근만근이었다. 책에서는 60일이면 습관으로 자리 잡는다고 했다. 최소 60일을 실행해서 새벽 기상 습관을 갖고 싶었다. 정말 성공하는 삶을 사는지도 궁금했다. 5시 기상을 블로그에 기록하기 시작했다. 한국 블로그 플랫폼을 쓰다 보니 한국에 있는 많은 사람이 5시 기상을 하는 것을 알게 되었다. 온라인 북클럽도 가입하고 매일 운동 인증하는 그룹에도 소속되어 매일 나의 성장을 위한 사람들을 온라인으로 만나기 시작했다.

아침에 땀나는 10분 유산소 운동으로 1년 동안 10킬로를 감량했고, 일주일에 2권씩 책을 읽었고 묵상을 하면서 내면의 나를 만나는 시간을 가졌더니 성장하는 느낌이었다. 이런 모습을 SNS에 포스팅하면서 나는 온라인 소통에 눈을 뜨게 되었다. 한국을 비롯해 다른 나라에 있는 사람과 이토록 가깝게 소통할 수 있는 게 신기하고 재미있었다. 내 운동 영상을 보고 사람들이 좋은 자극을 받아 5시 기상을 하고 운동을 하는 긍정적인 동참이 즐거웠다. 하지만 어느 순간 아침에 눈을 뜨자마자 하는 일이 인스타그램을 점검하고 댓글을 쓰느라 시간을 허비하고 있었다. 나를 성장시키고 싶은 마음으로 시작한 인증은 나를 갉아먹고 있었다.

아무도 나의 노력을 몰라줘도 나를 사랑하고 스스로 가치를 인정해 주는 것으로도 충분한데, 우리는 어쩌면 누군가의 인정을 받기 위해 나를 너무 혹사하는 게 아닌가 생각해본다. 미라클 모닝이 더 이상 나를 위한 시간이 아니게 된 이상, 과감히 5시 기상하기를 그만두었다. 그래서 이 책은 내가 나에게 하고 싶은 말이자 누구 보다도 열정으로 부단히 노력하는 모두를 위한 이야기이다. 목표를 뚜렷하게 세우고 노력하며 정진하는 것은 분명 가치 있고 보람된 일이지만, 그 목표를 이루기 위한 수단이 목표로 바뀔 때 오는 죄책감, 자기 비하, 낮은 자존감은 분명 내가 처음에 생각한 나의 모습과는 동떨어진 것이다.

내 삶의 나침반을 쥐고 내가 삶의 주인이 되어 주체적으로 사는 삶의 여정을 나누고 싶다. 나 역시 인생 목표가 취직이었던 20대에, 서른이 채 되기 전에 인생 목표를 이루고 방황을 했다. 결혼하면서 자발적 경력단절 여성이 되었고, 캐나다에서 새로운 삶을 시작하면서 경제적 어려움을 겪었다. 어제보다 나은 오늘의 내가 되기 위한 혹독한 자기 계발 노력의 결실도 보았다.

이제는 타인에게 보여주는 인증이 없이도 내면의 동기로 노력하고 행동하는 단계에 이르렀다. 새벽에 일어나 운동으로 에너지를 몸에 주고 고요한 새벽 내면의 목소리를 들으며 마음과 몸을 풍요롭게 하는 귀한 시간을 갖는다. 누구에게 자랑하지 않아도 나를 존중하는 시간이 좋아졌다. 내 이야기가 비록 평범하지만 두려움으로 아무것도 시작하지 못하는 사람들에게 삶의 불씨를 다시 붙이는 계기가 되었으면 좋겠고, 진정으로 자신이 원하는 목표도 없으면서 자기 계발을 한다고 자신을 괴롭히는 뭇 동지들에게 위로가 되고 싶다.

타인의 시선에서 벗어나는 연습을 하고 나를 사랑하는 연습을 통해 우리는 충분히 내가 정말 원하는 나의 삶을 살 수 있다. 자기 사랑을 기반으로 한 삶은 자기 성장으로 이끌면서 동시에 내가 상상하지 못한 전혀 새로운 모습의 미래로 이끌 수 있다. 누군가의 칭찬과 인정이 없어도 내가 나를 일으키면서 매일 노력하고 있다.

나 살기도 바쁜데 왜
다른 사람들을 생각해야 하는 거죠

'딩동' 한적한 골목에 누군가 찾아올 사람이 없는데 초인종이 울렸다. 세상에서 가장 환한 미소를 보인 필리핀 여성이 '초콜릿 살래요?'라고 묻는다. 덧붙이는 말이 '코로나바이러스로 필리핀 내 어려운 사람들을 돕는 일에 쓰일 거예요.' 캐러멜 맛, 소금 맛, 밀크 초콜릿, 다크 초콜릿 다양한 초콜릿 바가 있었다. 3개를 사면 10불을 주면 된다고 했다. 우리 집 꼬맹이에게 먹고 싶은 맛을 1개씩 고르게 하고 나는 다크 초콜릿을 골라 10불을 드리고 3개를 샀다. 집마다 찾아다니느라 고생이 많다는 말을 하고, 환한 미소의 여성을 보내 드렸다.

우리 아이들은 갑자기 초콜릿이 생겨서 너무 신이 났고 나는 본국에 있는 친척 혹은 친구들을 위해 집마다 다니며 모금을 하는 그분의 정성에 마음이 찡했다. 누군가가 나에게 물었다. '이 돈이 정말 코로나바이러스로 힘든 사람을 위해 쓰일지 아닐지 어떻게 아는지, 집에 찾아오는 모두에게 후원할 거냐고?' 우리 남편은 길거리에 구걸하시는 분들에게 늘 동전을 기꺼이 내어준다. 우리는 사실 알 수 없다. 정말 그 돈이 필요한 사람에게 쓰이는지 아니면 앵벌이인지 나쁜 사람의 손에 들어가는지. 예쁜 쓰레기(예쁘고 갖고 싶은 물건이지만 정작 쓸모없거나 금방 실증을 내는 물건)에는 인색하지 않은데 남을 돕는 것에 대해서는 의심의 눈초리를 쉽게 없애지 못한다. 코로나바이러스로 직장을 잃은 사람, 생계를 꾸리지 못하는 사람들이 정말 많다. 캐나다 같이 복지국가에서는 국가가 든든하게 매달 지원금을 준다. 하지만 필리핀을 비롯한 여타 국가는 그야말로 내가 나의 생계를 꾸릴 방법을 찾아야 한다.

최근 읽은 책 〈그릿〉의 저자는 성공의 요인 중 하나는 기회와 환경이라고 말한다. 내가 개발학 공부를 하기로 마음먹게 해준 장하준 교수의 〈사다리 걷어차기〉에 언급하는 것과 비슷한 관점이 있다. 우리가 생각하는 공평한 플레이는 결코 공평하지 못한 플레이일 수 있다는 이야기다. 시작점이 다르고 운동장이 기울어져 있으므로 애초에 공평한 플레이가 불가능하다. 성공할 수 있는 요인이 개인의 능력보다는 기회와 환경에 좌우되는 경우가 많다. 내가 처한 환경에서 나의 기량을 펼칠 수 없다면, 돈을 벌고 싶어도 사회구조적으로 돈을 벌 수 없는 구조 속에 갇혀 있다면, 우리는 마땅히 기회가 없는 사람을 도와야 한다. 비록 내가 지금 기부하는 그 돈이 쓸데없는 곳에 쓰일지도 모른다는 의심이 든다고 하더라도 말이다.

합리적이라고 생각하는 사람은 사실 합리적이지 못한 일을 많이 한다. 바쁘다고 외치면서도 온라인에서 타인의 삶을 엿보느라 몇 시간을 그냥 쉽게 보내는 경우도 있다. 생계를 유지하기 바쁘고 잠잘 시간이 부족하지만, 기꺼이 기쁜 마음으로 봉사하시는 사람들 역시 존재한다. 나는 다이어트를 위해 일부러 1일 1식을 하고 간헐적 단식을 하지만 지구 저편 어딘가 음식 살 돈이 없어서 하루에 한 끼만 먹는 사람들도 있다. 우리는 쉽게 '내가 살고 봐야죠, 나는 시간도 돈도 없어요.' 하며 나의 행동에 대해 정당성을 부여하려고 한다.

세계시민교육 강의를 하러 한국에 갔을 때 한 고등학교에 가서 내가 했던 NGO 사업국에 대해 이야기할 기회가 있었다. 우리가 왜 세계 곳곳에 일어나는 일에 관심을 가져야 하는지, 어떻게 하면 같이 잘 살 수 있는지, 내가 지금 무엇을 하면 되는지 이야기하는 시간이었다.

거창하게 우리 모두 봉사를 하면서 나의 희생을 요구하는 것은 아니다. 첫 시작점은 관심이다. 타인의 삶에 관심을 두는 것이다. SNS에 올라온 좋은 모습만 뽑아 놓은 내 친구들의 삶만 관심 두지 말고 시선을 한 번쯤 돌렸으면 한다. 지금도 비현실적이지만 전쟁으로 고통받는 사람들의 삶, 코로나바이러스로 구호 물품을 받지 못해서 마실 물과 씻을 물이 없어서 위생 취약지대에 놓여있는 사람들의 삶, 난민촌 안에서 천막에 의지하며 이 삶이 언제 끝날지 모르는 사람들의 삶, 축구가 하고 싶어서 쓰레기 봉지를 뚤뚤 말아서 그 공을 갖고 노는 어린아이의 삶. 학교가 멀지만 공부하고 싶어서 기꺼이 10킬로를 걸어서 학교 다니는 소년의 삶. 생리대가 없어서 천으로 헌 옷으로 대강 처리하고 학교도 못 가고 집에 있어야만 하는 소녀의 삶. 자연재해로 전쟁으로 부모를 잃고 갈 곳이 없어서 길거리를 전전하면서 구걸을 해야만 살 수 있는 아이들의 삶 등. 누군가의 끝없는 현실의 삶이 있다.

이처럼 어려운 상황에 있는 사람들의 예는 끝이 없다. 나의 시선이 그들에게 옮겨졌을 때 '나도 이들을 위해 무언가를 하고 싶다'는 생각을 하는 것은 극히 자연스러운 현상이다. 그리고 지금 바로 정기후원을 시작할 수 있고 단기봉사를 위해 계획하고 떠날 수 있다. 혹은 나처럼 직업으로 삼는 방법을 찾아서 돕는 등 다양한 방법이 있다.

　모든 것의 시작은 '관심'이라고 생각한다. 사실 내 주위에는 많은 사람이 해외 곳곳에서 주민과 아이들을 위한 프로젝트를 진행하고 어떻게 효과적으로 도울 수 있을지 전문적이고 직업적으로 처절하게 고민하며 실행하는 사람들이 많다. 그래서 우리에게는 이 고민과 관심이 당연한 것이고 후원의 중요성을 잘 안다. 관심이면 충분하다. 관심을 가지면 자연스럽게 나의 상황에 맞게 도움을 줄 수 있게 된다.

　매달 3만 원이 부담스럽기도 하지만 다른 각도에서 생각을 하면 그렇게 부담스럽기만 한 금액은 아니다. 그 돈은 누가에게는 전 재산이 될 수도 있고, 삶의 희망을 줄 수도 있는 금액이다. 그래서 일단 후원을 시작하는 것이 중요하다. 그렇게 되면 내 돈이 어떻게 쓰이는지 관심을 갖게 되고 그 관심이 확장되어 이 공평하지 못한 세상에 점점 마음을 두게 된다.

　그렇게 관심을 갖고 친구에게 가족에게 이야기하면 그들도 관심을 갖게 되고 '나'의 영향은 가족에서 지인까지 멀리 뻗어나간다. 내가 대단한 사람이어서 기부를 하는 것이 아니라, 내가 평범하기 때문에 기부를 하는 것이다. 내가 지금 당장 그곳에 가서 아이들과 사람들을 도울 수 없으므로 아주 편한 방법으로 돕는 것이다.

워런 버핏은 자본주의 시스템이 불평등하므로 적극적으로 기부를 한다고 말한다. 자본주의 시장경제 시스템을 잘 활용해서 부자가 된 기업가들에게 나눔을 기대하는 것도 이 때문이다. 모든 시스템은 완벽하지 않다. 그래서 자본주의 시스템에 혜택을 받지 못한 사람들을 적극적으로 도와야 한다.

누군가에게 삶의 기회를 선물해 주는 일, 생명을 살리는 일은 정말 멋진 일이다. 내가 의사가 아니어도, 내가 교육자가 아니어도, 나의 직업으로 그들을 직접 돕지 못하더라도, 온라인으로 쉽게 기부할 수 있는 환경이기에 기부에 한 발짝 다가가 보면 어떨까? 어떻게 잘 줄 수 있을지 고민하는 첫걸음이 될지도 모른다.

Part 3

아시아 여자가
대표가
된다는 것

20살 중반에
디렉터라고요?

　모두가 잘사는 세상을 만들고 싶다는 생각으로 매일 나를 갈고 닦는 데 최선을 다했던 젊은 시절이 있었다. 교환학생으로 일본에서 만난 다양한 국가에서 온 친구들과 이야기를 나누면서 나의 좁았던 세계관이 확장되었다. UN에서 자문위원을 하셨던 교수님의 수업을 들으면서 구체적으로 내가 할 수 있는 일을 고민하기 시작했다. 다양한 배경의 친구들을 만나면서 경험하지 못한 곳에 대한 호기심이 가득했다.

　세계 빈곤의 원인은 무엇인지, 부조리한 사회 속에서 나는 무슨 일을 하면서 조금이나마 더 나은 세상을 만드는 것에 기여할 수 있을지, 예측할 수 없는 나의 미래가 기대되었다. 책을 읽고 수업을 들어도 여전히 해소되지 않는 질문들이 가득했다. 현재 자본주의에 대한 대안은 없는가? 현재 시스템에서 어떤 세력들이 이득을 보고 손해를 보고 있는 것인가? 무관심한 사람들에게 부의 불균형에 대한 관심을 어떻게 촉구할 수 있는가?

한 단계 더 깊이 들어가 무상원조는 과연 빈곤 해결에 도움이 되는가? 인간의 행동 동기는 무엇일까? 인간은 애초에 이기적인 존재인지 이타적인 존재인지 등 존재론까지 파고드는 주제들을 갖고 치열하게 읽고 토론하고 보고서를 쓰면서 대학원 생활을 마쳤다. 이젠 사회로 나와 배운 것을 써먹을 때였다.

하지만 현실은 냉혹했다. 이런 고민을 하는 나를 채용해 줄 곳은 없었고 나는 이런 고민은 잊은 채 당장 나의 학자금을 갚아야 할 현실에 부딪혔다. 공공정책 분야에서 일하면서 사람들을 이롭게 하자는 순진한 생각을 기반으로 열심히 경제적으로 사회적으로 소외된 사람들을 위한 일을 하고 싶었다. 동시에 경제적으로 접근하는 분야에 일하고 싶었다. 자연스럽게 나는 경제 분야 연구가 가능한 국책연구원에 눈을 돌리게 되었고. 한국에서 꽤 짧은 기간에 연구원 직장을 잡을 수 있었다. 역시 상상과 현실은 달랐다. 그것으로 역시나 난 만족을 할 수가 없었다. 그래 일단 영국 유학하면서 졌던 빚부터 갚자는 마음으로 매달 나오는 월급의 절반 이상을 학자금을 갚는 데 썼다. 그렇게 갚아야 할 학자금을 전부 청산했을 때 나의 미래에 대한 고민은 끝나지 않았다. 박사과정을 시작해서 연구직으로 남을 지, 다른 곳으로 이직을 할지 선택에 대한 고민은 꼬리의 꼬리를 물었다.

일단 기회가 오면 움직이자는 신념으로 박사과정 연구계획서를 써서 영국에 환경 경제 연구로 저명한 교수님께 이메일을 드렸다. 친절하게 피드백을 해 주셨고 그에 맞춰서 연구계획서를 수정해서 제출했더니 바로 박사과정을 시작하자고 제안을 해 주셨다.

이렇게 쉽게 박사과정을 시작하게 되는구나 싶었지만 문제는 등록금이었다. 장학금 제도를 알아봤지만 내가 지금 당장 지원할 수 있는 장학금은 영국 정부에서 주는 장학금이 유일했다. 반신반의하면서 지원했지만 결과는 불합격이었다. 석사 시설 너무 가난하게 유학을 해서 자비로 박사과정을 할 마음이 없었다. 가난하게 4년을 살 자신도 없었다. 정중히 나를 거두어 주시겠다는 영국에 계신 교수님께 장학금 혜택을 받지 못해 입학할 수 없다고 말씀드리고. 다음 기회에 연락을 드리겠다고 했다.

내가 시도해 보았지만 결과가 좋지 않다고 좌절할 필요는 없다. 어차피 연구하면서 사는 게 나에게는 맞지 않은 길이었을

지도 모른다며 스스로를 위안했다. 개발국가에 가서 개발프로 젝트를 진행하고 싶은 마음이 늘 있었는데 유엔기구의 문턱은 너무도 높게만 느껴졌다. 제2외국어도 잘해야 할 것만 같고 경력도 더 많아야 할 것만 같았다. 그러던 중에 국내 큰 비영리기관에서 아프리카 개발 담당자를 뽑는 공고를 같은 연구원에서 일하는 언니가 보내줬다. 직무설명을 보니 내가 하고 싶은 일과 정확히 일치했다.

1차 서류 2차 필기시험 3차 영어 프레젠테이션과 간부 면접, 이렇게 꽤 까다롭게 전형을 진행했다. 영어 프레젠테이션 시험과 면접을 보는 날은 혼자 태국으로 여행을 가려고 휴가를 잡아 놓은 날이었다. 일이 잘 풀릴 것 같은 징조였다. 휴가를 떠나는 설레는 마음과 새로운 도전에 신이 난 나는 면접을 위한 정장 원피스를 사 입고 여행용 가방을 끌고 프레젠테이션과 면접을 마쳤다. 간부들의 인상이 너무 좋았고 나의 대답을 온화한 미소로 듣고 계셨다. 몇 명을 뽑지 않은 자리에 꽤 많은 지원자가 있었다. 일단 나는 최선을 다했으니 휴가를 떠나려고 바로 공항으로 가서 면접용 원피스를 여행용 가방에 넣고 태국 방콕행 비행기를 탔다. 기분 좋은 휴가를 마치고 연구원 일상을 보내고 있을 때 반가운 전화가 걸려왔다. 도미니카공화국이라는 나라로 사업구 책임자로 파견이 된다는 소식이었다.

노골적인
인종차별과 무시

보이는 게 전부가 아니라고 생각하면서 살았다. 그래서 특별하게 옷차림에 신경을 쓰기보다는 내면의 덕을 쌓는 일을 더 중요하게 생각했고 한참 멋을 부리고 다니는 나이에도 미용실은 1년에 한 번 갈 정도로 외모에는 지나친 치장을 하지 않으면서 살았다. 동시에 직장 생활을 하므로 너저분하지 않고 단정하게 나만의 스타일을 고수했다. 일본과 영국에서 공부하면서 사람들은 다양하고 그에 따라 다양한 방식으로 멋을 부리는 것을 알았다. 그래서 어떤 누군가의 롤 모델 혹은 유행을 따르기 보다는 그냥 내가 좋아하는 스타일을 고수했다.

외모가 다가 아니라고 생각하면서 삶을 살았던 나에게 큰 충격적인 사건은 도미니카공화국에서 시작되었다. 나의 외모와 인종으로 나는 불합리한 대우를 받았다. 심지어 나는 그 나라의 빈곤 지역을 해결하러 온 사람인데 주민들에게는 나는 그냥 중국 여자아이였다. 그래서 만나는 사람들은 나를 어린아이 취급하기 일쑤였다. 길을 걸으면 수도 없이 캣콜(cat call, 여자에게 휘파람을 부는 행위)을 당하였고 길거리에 하릴없이 앉아서 노는 사람들은 나의 뒤통수를 대고 치나(China)라고 놀리듯 불러 댔다.

단 한 번도 Usted (스페인어로 You의 존칭어)라는 존칭어를 직원들을 제외하고는 들어 본 적이 없었다. 도미니카 문화는 사람을 부를 때 입으로 쓰~ 하는 소리를 낸다. 이런 방식이 편리해 평범한 사람들의 일반적인 습관이 되었다. 개를 부르듯 지나가는 사람을 그렇게 부른다. 처음에는 나를 부르는지 몰라서 그런 소리를 들어도 무시했다. 스 ~ 스~ 해도 안쳐도 보니 치나라고 불렀고 심지어 업무 관계로 만나는 지방 공무원도 나를 '치나'(중국 여자)라고 불렀다. 심지어 이름도 있고 직함도 있는데 나는 그냥 무엇을 해도 아시아 여자였다. 우스갯소리로 도미니카공화국 사람들의 세계관(잘 배우지 못한 일반 사람들)으로는 아이티사람, 도미니카사람, 그링고(백인), 그리고 치나(중국사람) 이렇게 네 분류로 나뉜다는 이야기를 한다. 출장이 잦아서 공항에서 택시를 타고 집으로 올 때도 택시 운전사는 나를 치나라고 불렀고 어쩔 땐 (아주 기분이 내킬 때) 나는 치나가 아니라 한국 사람이라고 정정해주었다. 택시 기사는 분명 한국이 어디에 붙어있는지 몰랐을 것 같다. 그러더니 하는 말 아 그래? 그럼 너 중국말 하겠네? 라며 되물었다.

한국말과 중국말은 다르고 나는 중국어를 못한다고 설명했더니, 전혀 이해를 못 했다. 이내 나는 설명하기를 포기하고 그냥 입을 닫았다. 타국에서 현지인들에게 나는 그냥 중국 여자애라는 사실이 신기하기도 하면서 이 현실이 나를 무기력하게 했다. 나는 도미니카사람들을 피부색으로 대하지 않고 인간 대 인간으로 대하는데, 다양성에 대해 준비도 지식도 없는 이들에게 아무리 목놓아 중국과 한국이 다르다고 설명해야 소용없다는 자포자기의 마음도 있었을 것이다.

그럼 나는 총대를 메고 이들에게 지속적으로 한국과 중국은 다르며 나를 치나라고 부르면 기분이 나쁘다고 설명해야 할까? 내가 영국에서 있을 때 단연코 단 한 번도 내가 아시아 사람이라 무시당하거나 차별을 받아본 적이 없었다. 하지만 한국 사람들도 잘 모르는 캐리비안 작은 섬나라 사람들에게 나는 철저하게 배척당하고 인종차별을 당했다. 관공서에 가도 대놓고 나를 제일 늦게 부른다거나, 내가 불쾌한 표정이나 불평을 늘

어놓으면 더욱더 나를 뒤 순서로 불렀다. 은행에서도 마찬가지이다.

내가 열 내고 화내 보아야 상황은 더욱더 나빠지는 것이다. 그때부터였던 것 같다. 기다림의 미학, 느림의 미학을 배우기 시작했다. 성미가 급하지만 나의 최대 관심은 일이 되게 하는 것이었고 일 처리는 그들의 손에 달렸기 때문에 은행이나 관공서에서 내가 외국인 (혹은 중국인)이라 일부러 보란 듯이 주는 불이익을 당할 수밖에 없다.

사람들의 무의식 속에 인종에 관한 생각은 나라별로 다르다. 내가 그런 나라로 와서 당하는 인종차별을 이해하자는 주장은 아니지만, 내가 당하는 차별이 이들이 어느 나라에 가서 당하는 차별과도 같다는 생각을 해보았다. 한 기관의 대표로 스페인어로 소통할 때 단 한 번도 나를 Usted로 칭하는 사람들은 없었다. 재밌게도 우리 직원이 옆구리를 찌르듯 Usted를 복화술로 이야기하는 광경도 보았다. 리더십은 존경에서 저절로 나온다는데 이것은 마치 옆구리 찔러 절 받는 존중이었다. 날마다 당하는 능욕 속에서도 내가 의연할 수 있었던 것은 그들이 나를 중국인이라고 불러 대는 배경에는 무지와 관심이라 생각이 된다. 그렇게 넘기니 어느 순간 나를 길거리에서 불러 대는 사람들에게 웃으면서 인사도 하게 되는 대범함을 기르게 되었다.

해고는
어려워

언어와 문화가 다른 직원과 갈등과 오해가 생길 확률은 얼마나 될까? 내가 지역개발 사업 담당자로 선발이 되고 떠나기 직전까지도 나는 프로젝트를 어떻게 계획하고 주민들의 참여를 어떻게 독려하여 성과를 낼 것인지에 초점을 맞췄다. 나는 다양한 문화에 비교적 노출이 많이 되어서 타 문화에 대한 이해와 수용도가 높다고 스스로 판단했다. 하지만 그것은 이해관계가 얽혀 있지 않은 친구 관계에서만 가능했다. 내가 고용주의 입장이 되고 월급을 주는 입장이 되었을 때는 엄연한 고용인과 피고용인의 관계가 성립된다.

문화와 언어가 다른 사람을 직원으로 뽑고 오리엔테이션부터 일의 방식까지 모든 사항을 이끌고 가는 상황에서는 직원들과의 갈등과 오해는 필연적이었다. 다행히 아시아 사람과 일한 경험이 있는 직원이 기반을 잘 닦아서 새로운 직원을 고용하면서 조직 내 문화를 안착시키는 데 큰 어려움은 없었지만 이미 일을 하고 있는 직원과 새롭게 채용된 직원 사이에서의 갈등 역시 전혀 예상하지 못하는 부분이었다.

사회생활 경력도 짧은 내가 20여 명이 넘는 도미니카사람들과 한국에서 온 대학생 자원봉사자들, 그리고 미국, 이탈리아, 독일 등 세계 각지에서 온 단기 봉사자들과 함께 지역 주민들에게 도움이 되는 프로젝트를 진행하는데 세심한 주의가 필요했다. 나에게는 당연한 일반 상식이 전혀 다른 문화권에서 자란 직원들에게는 당연하지 않을 수 있었다.

다행히 미국과 가까운 나라이고 미국 회사나 기관에서 일한 경험이 있는 직원들에게는 출퇴근 시간을 지키는 문제, 약속을 지키는 문제에 대해서는 이해시키는 것이 어렵지 않았다. 새로운 프로젝트를 기획하고 만들어 내는 업무에서는 늘 시키는 일만 해온 직원은 한 달이 넘도록 일을 진척시키지 못했다. 모든 직원이 그렇지 않았지만 종종 책상 너머 보이는 직원의 컴퓨터 화면은 늘 페이스북이었다. 나만 혼자 발을 동동 굴리면서 사안에 대하는 온도 차가 다를 때가 많았다.

　프로젝트 제안서를 쓰는 담당 직원을 새롭게 뽑았다. 영어도 잘하고 꽤 경력이 화려하고 개인적으로 기대해 볼 만한 직원이었다. 하지만 이상하게도 내가 신뢰하는 총괄팀장과 일의 합이 좋지 않았는데 일이 주말에 터졌다. 현지 총괄팀장이 직속 보고 체계였는데 담당 직원은 전혀 보고하지 않고 본인의 판단대로 일을 주말에 진척을 시켰다. 그 직원이 주말에 현장으로 나갔는데 미리 프로젝트 비용을 받아가서 여차여차한 이유로 그 비용을 다 쓰지 못해 본인 통장에 넣어 놓았다는 이메일을 받았다. 한편으로 수긍이 되기도 하고 또 한편으로는 수긍이 안 되기도 하는 행동이었지만 월요일이 되어서 사무실에 모두 출근을 해서 회의시간에 총괄팀장과 관련해 꽤 심각한 대화가 오갔다.

　새로 들어온 직원은 총괄팀장을 무시했고 나에게 직접 보고를 하고 싶다고 했다. 3개월 수습 기간 중이라 지금 적응하지 못하는 새로운 직원을 내보는 것이 맞다고 판단해서 절차를 밟아 수습 기간을 못 채우고 내보게 되었다. 수습 기간에 해고된 유능해 보이는 직원은 마음에 앙금을 품고 미국과 한국에 있는 기관의 공식 이메일을 찾아 나가 자신을 부당해고 했다는 이메

일을 발송했다. 소위 블랙 메일이었다. 실력이 있는 본인을 디렉터가 마음대로 잘랐다고 호소하는 내용이었다. 당시에 나는 억울한 마음이 있었지만, 그것이 기관 대표가 감내해야 할 것으로 생각하고 웃어넘겼다.

사실 그렇다 한들 미국과 한국에서는 나에게 위임한 직원 고용·해임 권한을 어떻게 할 수가 없는 부분이지만 파견되어 업무를 하면서 처음 있는 일이라 사실 적지 않게 당황했다. 다행히 나의 결정을 존중하는 기관에서는 현장에서 고생이 많다는 격려의 이메일로 일단락되었지만 마음 한 켠에 계속 신경이 쓰이는 일이었다. 함께 일하는 사람을 채용하는 것도 어려운 일인데 사실 해고는 그것보다 훨씬 더 어렵다.

모 든 것 은
나 로 부 터

    가치 있는 일에 목숨 걸면서 나의 20대를 보내며 나 자신을 연마해왔다. 나의 열정과 열심은 어느 누가 나를 만나도 느낄 수 있을 정도로 나는 지속 가능한 국제개발에 푹 빠져 있었고 내 열정과 비전을 불태우고 싶었다. 20대 에너지 넘치는 당시에 영리를 취하는 기업에 취직하는 것을 죄악시 여겼으며 영국에서 취업하지 못해 재정난에 시달리는 시기에도 대기업 법인에 면접을 보고 나서 한국행을 결정 했을 정도로 대기업에 취직해서 일하는 것을 꺼렸다. 그리고 한국에 돌아와서 일주일도 안 되어서 영국에 있던 대기업 영국법인에서 고용 제의를 받게 되었다. 후회하냐고? 그때 영국에서 더 있었더라면, 어떤 일들이 벌어졌을까? 궁금한 마음은 있지만 후회는 하지 않는다.

일하는 방식과 실천의 형식에 있어서 현재 내 생각은 굉장히 바뀌어 있다. 내가 어떤 방식으로 어떤 일을 겪으면서 비전을 추구하는 방식에 변화가 생겼는지 설명하려고 한다. 해외파견을 나가면서 마음은 무거웠으나 드디어 나의 열정대로 할 수 있는 많은 것들을 펼칠 수 있겠구나 하는 신나는 마음이 앞서 있었다.

책으로 토론으로 배운 국제개발 프로젝트를 드디어 시작할 수 할 수 있게 되어 신이 나고 마음이 들떠 있었다. 지금 생각해 보면 참 철없는 생각이었으나 20대 후반의 나이로 엄청난 책임감을 힘겨워 하거나 부담스러워하지 않고 일에 대한 재미와 열정을 느꼈으니 처음 몇 달은 현지 생활과 업무에 대한 적응과 그에 따른 재미를 느끼며 금세 지나갔다. 꿈 많고 열정 많은 20대 나는 새로운 문화 새로운 시스템을 알아가는 데는 전혀 두려움이 없었다. 도미니카공화국은 스페인어를 쓰는 나라이지만 구글 번역기와 영어를 써가면서 핸드폰 개통부터 집 계약, 그리고 직원 채용, 나의 첫 프로젝트 우물 장소 섭외 및 우물 설치 등을 빠르게 해치워 나갔다. 오랫동안 여러 가지 이유로 미결되었던 사업이고 실제로 개인이 실행하기에는 장벽이 너무 높았던 터였다.

완성된 우물

통역을 소개받아 그 친구와 이리저리 다니면서 지역 사람을 만나고 왜 물이 필요한지, 물의 원천은 어디에 있는지, 우물이 없어서는 안 되는 이유 등 기초선 조사(사업 착수 전에 사업대상 지역에 대한 기초 자료 수집 및 분석활동)를 해가면서 개발 매뉴얼을 참고하여 규정을 준수하면서 움직였다. 그러나 이런 후딱후딱 일 처리가 과연 국제개발의 정신과 맞는가? 자발적인 주민들의 참여를 통해 이루어졌는지? 이 우물의 주인의식은 누가 갖고 있는지? 이 모든 질문이 쏙 빠져 있은 채 나는 내 업무에 열중했다.

그렇다 나는 애초부터 내가 '하고 싶은 일'을 했던 거였고 나의 비전을 위한 일을 향해 달려왔다. 하지만 지역개발의 과정은 내면 성장처럼 눈에 띄지도 보이지도 않는다. 속도도 더디다. 사람들이 진정으로 동기부여가 되지 않으면 프로젝트는 움직이지 못한다. 우리 기관은 후원자들의 돕고자 하는 열망을 담은 돈이 있다. 이 거리감을 어떻게 좁힐 수 있을까?

나는 소그룹 저축프로그램을 진행하시는 분을 소개받게 되었다. 오랫동안 현장에서 일하시고 UN 자원봉사자로 석사 논문을 쓰시는 한국분이셨다. 좋은 기회로 가까이서 소그룹 저축 프로그램을 어떤 방식으로 진행하시는지 배울 수 있었다. 적은 금액이지만 저축 구성원 간에 신뢰를 바탕으로 돈을 모으고 모인 돈을 소정의 이자를 부쳐 빌려주면서 모두가 혜택을 보는 아주 작은 규모의 금융조합 형태였다. 내가 흥미롭게 접근했던 부분은 이 프로그램을 어린 나이의 그룹에 시범으로 진행하는 것이 어떨지 싶었다. 어린 나이에 경제 관념을 형성하고 동시에 저축 습관을 기를 수 있을 것으로 판단되었다. 저축 구성원들이 각각 역할을 맡아 의사결정을 진행하면서 어린아이들에게 조직 내에서 의사결정을 하는 방식도 배울 수 있는 훌륭한 연습의 장이기도 했다. 소규모 저축프로그램을 진행하면서 개인적 자발적 동기가 '돈'이 되면 사람들의 행동 변화 및 긍정적 변화도 보고 싶었다.

선생님은 스페인어를 유창하게 잘하실 뿐 아니라, 사람들과의 소통부터 현장에서 일하시는 분까지 잘 이끄시는 모습을 보고 개인적으로 반했다. 그분의 프로그램이라면 사람들의 마음을 움직이고 긍정적인 변화가 있을 것이라는 생각이 들었다. 다양한 프로그램을 진행하면서 무엇이 커뮤니티의 변화와 발전을 끌어내는 것일지 정답을 알지 못하지만 나아갈 방향성은 점점 확립되었다.

지속 가능한 지역개발에서 모든 동기는 개인에서 비롯되어야 한다고 믿게 되었다. 개인이 의지가 없으면 공동체가 의기투합해서 결정한 것을 오랫동안 지속할 수가 없고 그렇기에 개

개인의 결심 및 마인드 컨트롤은 더더욱 중요하다는 생각이 든다. 취약계층이나 사회적으로 구조적으로 억압받는 이들에게는 조건 없는 도움이 필요한 것은 맞다. 의식주와 인간의 권리와 관련한 조건 없는 지원과 공동체의 힘으로 지속가능한 지역개발은 서로 맞닿아 있다.

무조건 퍼부어 주기식 방식에 대한 효율성에 대해서 의심을 품는 사람들도 있다. 하지만 기본권과 밀접하게 관련한 무조건 퍼줘야 하는 것들이 있다. 예를 들면 교육, 의료, 식수, 주거 등이다. 이와 같은 것이 결핍은 생존과 직결된다.

처음부터 자원의 부족으로 빈곤을 겪는 지역의 주민들과 이야기해보면 필요한 것이 너무 많다. 필요한 부분의 우선순위를 정하기가 너무 힘들다. 그만큼 우리네 삶이 복잡하기 때문이다. 단순히 교육만 해결한다고 모두 가난과 빈곤에서 벗어날 수 있을까? 단순하게 접근할수록 더 힘들어지고 결과가 보이지 않는다. 고민은 꼬리에 꼬리를 물고 시급하게 제공되어야 할 부분과 동시에 고민하면서 심도 있게 만들어야 할 프로젝트에 대한 열정은 직원들의 압박으로 이어졌다.

사실 일을 하다 보면 주인의식이 불명확해질 때가 있다. 내가 이 프로젝트의 주인인지 주민이 주인인지, 혹은 후원자가 주인인지, 후원자의 기금으로 사업을 위탁해서 진행하는 기관이 주인인지 이런 불명확성은 혼돈을 낳는다. 홍수같이 쏟아지는 업무와 고민 속에서 중심을 단단히 잡아야 휩쓸려 가지 않는다.

시스템을 만들면서 사는 것이 익숙하지 않은 나는 만들어진 시스템 안에서 순응하면서 살았다. 그래서 늘 사회 내에 정답만을 보여주고 찾으려고 애썼다. 취업 그리고 결혼 그래서 독립적으로 혼자 무엇을 해볼 용기가 감히 나지 않았다. 다른 사람이 볼 때는 내가 하고 싶은 것을 다 하고 사는 것처럼 보였지만, 내 안에도 나름의 공식이 있었다. 나는 하고 싶은 것을 열정적으로 추구하면서 살았지만 사실 그 열정은 안전지대 안에서의 열정이었다. 조금이라도 위험할 것 같은 일에는 뛰어들지 않고 늘 타협점을 찾았다. 종종 나 스스로가 궁금해진다. 그때 내가 만약 아빠의 반대를 무릅쓰고 외국어 고등학교에 갔더라면? 집안에 무리가 되더라도 재수를 해서 더 좋은 대학을 갔더라면? 만약 내가 영국에서 모 대기업의 고용 제의를 받았더라면?

우리의 인생은 순간순간 수많은 갈래의 선택지가 주어진다. 복잡하게 얽혀 있는 우리네 삶에서 중요한 것은 바로 '나'이다. 내가 부정적인 무의식에 잠식되어 선택하지 않을 때 혹은 선택하기를 미루거나 결단을 미룰 때 그에 따르는 결과는 나에게 온다.

방황해도
괜찮을까?

빠른 길이라고 생각해서 열심히 갔는데, 길을 잘못 들어서 돌아가는 경우가 종종 있다. 이런 경우는 여행하면서 흔히 일어나는데 나는 여행 중에서 발생할 수 있는 그러한 방황을 즐긴다. 여행을 떠나는 이유 중의 하나는 새로운 것을 경험하기 위함일 것이다. 샌프란시스코로 여행하고 싶어서 덜컥 〈론리 플래닛〉(Lonely Planet, 당시엔 여행자의 바이블이라 불리는 여행 책자)에 쓰여 있는 호스텔에 무작정 찾아갔는데, 어쩐 일인지 문이 닫혀서 혼자서 엄청나게 큰 캐리어를 끌고 나를 받아줄 호스텔을 찾아다니며 몇 시간을 방황했던 기억이 있다.

누군가 잘 짜 놓은 동선을 따라 움직이는 여행은 기억에 많이 남지 않는다. 대학교 프로그램 중 하나로 북유럽을 가는 프로젝트가 있었는데 영어 동아리 회원과 함께 지원하려고 했다. 그래서 다른 팀과 차별화 하기 위해 신청서를 영어로 썼는데 합격했다. 대학생 20명 정도가 북유럽 여행을 다 같이 준비하고 떠났다. 기억의 잔상들이 군데군데 남아있지만 내가 어느 도시로 이동했고, 그 나라 음식 이름이 뭔지도 기억이 나지 않는 여행이었다. 그래서 참 아쉽다. 내가 기억하는 북유럽은 엄청난 피요르드, 새벽에 청명했던 베르겐 거리, 그냥 막 찍어도 예쁜 덴마크 항구, 몸에 나뭇잎을 내리치면서 했던 핀란드식 사우나 이 정도였으니까.

한두 번의 단체 여행 경험을 통해 나는 혼자서 여행하는 것이 맞다는 것을 알았다. 그리고는 그 이후로 모든 여행을 혼자서 다녔다. 혼자 동선을 짜고 혹은 그 도시에 머무르고 싶으면 머무르고 내 방식대로 여행할 수 있으니까. 경험이 값지다는 생각으로 겁 없이 남들이 해보지 않을 경험들을 많이 했다. 일본 교환학생을 마치고 여행이 가고 싶어서 태국으로 떠났는데, 그때 3만 원 정도 주고 한 레게 머리가 풀기 아까워서 한국에 돌아와서 모자를 쓰고 인턴 면접을 본 다 거나 (지금 생각하면 좀 미친 짓이다), 일본 교환학생 시절 어느 파티에 가서 한국 사람인지 알아보지 못하고 영어로 말을 했다가 나이가 나보다 조금 많은 그 선배에게 엄청나게 혼났던 경험, 도미니카공화국과 아이티를 다니는 경비행기에 혼자 비행기를 전세 낸 듯 앉아서 여행했던 경험들이다.

이런 방황의 시간이나, 일탈의 경험들이 나에게 어떤 유익이 되었을까 생각해 봤다. 새로운 것을 시도하다 보면 근육이 붙어서 어떤 새로운 일을 시작하는 데 주저하지 않게 된다. 20살이 되어 필리핀으로 처음 어학연수를 갔던 대학생 소녀는 일본 교환학생 1년을 거쳐 세계 곳곳의 친구들을 만나서 소통을 시작하고 셀 수 없는 사람들을 만나고 여행도 하고 봉사도 하고, 공부도 하여 직업을 얻어 아프리카 대륙, 유럽 대륙, 동남아시아를 찍고 지금은 북미 대륙 캐나다에서 두 가지 일을 병행하면서 책을 쓰고 있다. 여행으로 유학으로 직장으로 다녀간 나라만 해도 세어보니 30개국이 넘는다.

언젠가 지혜가 쌓이고 스스로 만족할 만한 인격을 갖춘 후에야 책을 써야 한다는 결심에서, 평생 책을 쓰고 싶다는 생각으로 바뀌면서 지금 내 인생의 첫 책을 스스로 자격을 갖추지 못했지만 쓰고 있다. 이것이 나의 새로운 방황 일지, 여행일지 모르겠지만, 한 가지 자신할 수 있는 것은 실패의 경험도 성공의 경험도 모두 나의 경험으로 남게 된다는 것이다.

미국 샌프란시스코에서의 호스텔 찾기 위해 방황하는 중에 나는 친절한 미국 사람들을 아주 많이 만났다. 캠프 상담사로 뽑혀서 미네소타에 들르기 전에 호기롭게 샌프란시스코 여행을 하고 싶어, 사전에 예약도 없이 여행 책자 속에 호스텔을 찾아갔다. 2달 넘게 미국에 있을 거라 들고 간 여행용 가방은 매우 컸고 싸구려 여행용 가방이라 그것을 끌고 울퉁불퉁한 샌프란시스코의 시내를 걷기에는 불편함이 많았다. 순진해 보이고 모든 것이 신기한 20살 소녀가 불쌍해 보였는지 나는 호스텔을 찾는 도중 여러 사람의 도움을 받았다.

신호가 바뀌어서 건너가야 하는데, 인도 턱에 걸려서 가방을 끌기 힘들어 하는 나를 보고 가방을 번쩍 들어서 길 건너까지 옮겨주던 친절한 아저씨가 특히 기억이 난다. 분명 호스텔은 주소가 맞는데 문이 굳게 닫히고 간판도 안 보여서 당황한 나는 지나가는 사람을 붙잡고 여기가 호스텔이 맞는지 물었다. 당황한 나에게 친절하게 같이 몇십 분을 헤매며 찾아주던 행인부터, 간신히 아무 호스텔에 들어갔는데 4인실이라 모르는 사람과 같이 방을 쓸 때 나에게 또박또박 영어로 샌프란시스코에 대해 알려주는 룸메이트, 내가 책자 속 호스텔을 못 찾아서 경험할 수 있었던 사람들의 대가 없는 친절과 호의였다. 그래서 나에게 샌프란시스코는 가슴 따뜻한 추억이 가득한 도시이다.

신기하게도 나는 혼자 여행을 할 때 강도를 당하거나, 물건을 도둑맞거나 한 경험이 없다. 그래서 더욱 혼자 여행하기에 대한 두려움이 없었는지도 모른다. 길에서 만난 친절한 사람들을 보고 나도 누군가가 도움을 청할 때 친절한 사람이 되겠다는 생각을 더 많이 한다. 방황은 좋은 추억을 선사하고 동시에 나까지도 좋은 사람이 되게 한다.

빠르게 부자 되는 법, 빠르게 영어를 숙달하는 법 등 빨리 무엇이 되는 방법이 유행하는 요즘 인생을 조금 살아 본 사람들이 입 모아 말하는 게 급할수록 돌아가라는 말을 새기고 싶다. 내가 급하게 어떤 것을 이루고 싶다고 이룰 수 있다면 세상에 모든 사람이 다 부자가 되고, 다 영어를 잘해야 하지 않을까? 세상에 비법은 어쩌면 존재하지 않는지도 모른다. 다만, 내가 그것을 간절히 원하고, 그것을 이루기 위해 필요한 것을 매일 조금씩 노력한다면 당연히 이루지 못할 일은 없다고 믿는다.

내 마음처럼 되지 않아도 지금보다 더 젊은 시절 방황의 시간을 떠올려 본다. 아무런 득이 없을 것 같은 방황의 시간이 전해준 결과가 당장 보이지 않아도 꾸준함의 결과는 절대 배신하지 않고 한 방향을 가리킨다. 터널 같은 시간 속에서 방황을 통해 새로운 일에 대한 두려움을 받아드리는 법을 배운다. 거기에 더해 다양한 사람을 경험하면서 나의 인간관계는 무

지개 같은 다양함으로 채워지고 편견에서 벗어날 수 있도록
해준다.

문화 차이를 극복하는
진심의 기술

    팀 프로젝트를 하다 보면 의견이 다른 팀원들을 이끌어 가는 것이 참으로 힘들 때가 있다. 하물며 다른 언어와 문화를 가진 사람들과 함께 협력하여 일하는 것은 다양한 어려움에 직면하게 한다. 처음에는 아무것도 없는 오피스에 우리 기관의 임무를 보고 좋아서 들어온 직원들이라 감사한 마음에 참 마음이 갔다.

    무조건 잘 해주기만 하면 된다는 생각도 하면서 집으로 초대해서 한국 음식도 만들어서 대접하기도 하고 개인적으로 친하게 지내면서 그들에게 마음을 사려고 노력도 많이 했다. 서류상으로는 내가 대표였지만 실질적으로 나의 손과 발이 되어 줄 직원들은 그 친구들이었기에 내가 정신적으로도 심적으로 많이 의지했다.

처음엔 순진한 생각으로 일 처리 속도는 늦더라도 맡은바 최선을 다해 줄 것으로 생각했다. 분명 직원을 뽑는 면접에서는 확신에 찬 눈빛과 진심 어린 마음으로 우리 기관을 좋아하는 사람들로 보였다. 알고 보니 내 앞에서만 일을 척척 잘 처리하는 척했고 실제로는 나의 기대와는 반대의 행동들이 이뤄졌다.

내가 이끄는 팀 구성원이 나의 진심을 전부 알아주기를 기대하지는 않았다. 나중에 나의 진심이 통했다고 생각이 되는 순간은 몇 년이 지나고 다시 연락이 오는 직원들을 통해 알게 되었다. 학창시절 기억하고 다시 연락하고 싶은 선생님이 생각나는 것처럼 나도 연락을 하고 문득 생각나는 직장 상사가 있다.

파견직원으로 생활을 마친 후 몇 년이 흘러 이메일로 안부를 묻는 직원들의 이메일을 받을 때 결코 나의 진심이 헛되지 않았다는 생각이 든다. 반가운 마음과 동시에 나의 마음을 힘들게 하던 기억들도 같이 떠오른다. 순수하게 일이 되도록 하는 것에만 관심을 가졌던 나는 사실 직원들에게는 나쁜 감정이 없었다. 단지 일이 되지 않을 때 도무지 이해를 못 해서 수없이 힘들어하면서 잠을 청했던 여러 날이 떠오른다.

출구 없는 미로 안에서 나의 마음을 몰라주는 직원들이 야속

했고 나 혼자 이리 뛰고 저리 뛰면서 미로에서 출구를 찾아 헤매는 느낌이었다. 누구 하나 의지할 수 없었지만 일과 직원은 나에게 전부나 다름없었다. 무식하다면 무식하게 24시간 일과 직원들만 생각하면서 살았다. 그 당시엔 나를 사랑하는 남편도 없었고 내가 돌볼 아이도 없었다. 지금은 일과 육아의 균형을 고려해 퇴근 시간 이후에는 생각을 단절하는 연습을 하고 있지만, 그때는 마치 내가 아니라면 프로젝트를 마무리하기 어렵다고 생각하여 큰 책임감을 느끼고 내가 맡은 임무를 충실히 완수해야 한다는 생각뿐이었다.

그런 나의 열정의 무게를 잘 견뎌 준 생각 나는 고마운 직원들이 있다. 처음이라 서투른 나를 믿고 끝까지 함께해 준 사람들, 내가 임기를 마치고 남편이 있는 나라로 떠날 때 나를 부둥켜안고 울면서 힘껏 아쉬움을 표현하는 직원들은 내가 평생 잊지 못할 것 같다. 사람을 너무 쉽게 믿어서 뒤통수를 맞는 일이 있더라도 나는 끝까지 나와 함께 일하는 직원을 신뢰했다. 신뢰는 다른 사람이 어떠한 모함이나 이야기에도 흔들리지 않게 한다. 결혼 준비로 한국에 가 있는 동안 사업장에 직원들이 결혼 축하 비디오를 찍어 자원봉사자가 보내주었다. 그리고 도미니카공화국에서 사업가 후원자분이 결혼선물로 피로연을 열어 주셨다. 임기가 끝날 즈음에 직원들과 일하는 것이 마냥 신

났고 결혼이라는 인생의 큰 축복으로 나는 다행히 아름답게 마무리할 수 있었다.

진심은 통한다는 말을 몸소 경험하고 나니 이제는 사람의 마음을 얻는 것이 가장 일을 쉽고 빠르게 진행하는 지름길임을 배웠다. 지금도 일에 매몰되어 사람의 마음을 놓칠 때가 많지만 적어도 일에 매몰되어 사람을 보지 못하는 우를 범하지 않도록 늘 경계한다. 결국, 일은 사람이 진행하는 것이고 사람과 사람 간에 마음이 통할 때 언어적 차이와 문화적 차이도 극복할 힘이 생긴다. 업무적으로 역시 작은 성취를 같이 기뻐하고 축하하면 직원들은 내가 원하지 않아도 나를 따르고 좋아하기 마련이다. 여전히 팀을 이끌고 운영하는 데 어려움이 없는 것은 아니지만, 직원들이 스스로 마감일을 정하고 프로젝트에 주인의식을 갖고 이끌고 갈 수 있도록 자리를 마련해 주는 방법에 대해서 조금씩 알 것 같다.

Part 4

어떤 것을
상상하든
그 이상의 것이 온다

아무것도 하지 않으면
아무 일도 일어나지 않는다

"당신이 가진 최고의 장점은 무엇인가요?" 내가 직원들을 뽑을 때 잊지 않고 하는 질문이다. 직원의 인생 계획에 대해서도 도 빼놓지 않고 묻는다. 내가 원하는 것을 이루기 위한 가장 첫 번째 단계는 내가 원하는 것이 무엇인지 인지하는 것이 중요하다고 생각한다. 내가 가장 이루고 싶은 것이 무엇인지 알지 못하면 그것을 이루기 위한 계획과 실행 단계로 넘어갈 수 없다.

가장 원하는 딱 한 가지와 삶의 열정은 늘 가슴을 뛰게 한다. 나는 강력한 소망이 있고 누구도 빼앗아 갈 수 없는 나의 인생의 목표가 있다. 목표를 생각하면서 현재 내 자리를 지키며 삶의 자취를 남기고 있다. 단기적 목표를 직업으로 세우든, 어떤 사람이 되는 것으로 설정하든, 단기적 목표를 이룬 후에도 내가 추구하고 싶은 삶의 목표와 가치는 변하지 않는다.

빈곤 문제를 해결할 수 있는 직업을 선택하는 것이 전부인 줄 알았던 나는 사업국 대표를 맡고 난 후 허무함과 공허함으로 인해 심리적으로 힘든 시간을 보냈다. 하지만 그런 경험도 모두 나의 것으로 남았다.

직원들이 새로운 아이디어를 시도해보기를 주저할 때 나는 '그 경험은 모두 당신의 것이 되니 두려워하지 말고 시도해보라'고 장려한다. 사회적 기업을 위한 프로젝트를 고민하고 계획하고 시도하는 과정에서 당연히 사회적 기업에 관계되는 지역 주민들이 혜택을 보아야 하지만 그보다 실제로 프로젝트를 기획하고 진행한 직원은 어디에서도 얻을 수 없는 경험치를 쌓게 된다.

그래서 안전한 조직 안에서 원하는 일을 시도해보고 시험해보는 가치는 이루 말할 수가 없다. 내 시간을 직장에 매였다고 생각하면 매여 있는 것이고 직장을 나의 기술을 강화하고 원하는 아이디어를 실현하는 성장을 위한 장소라고 생각하면 그렇게 된다.

생각의 전환은 어디에서 든 일어난다. 본인이 현대판 노예라고 생각하면서 직장 일을 소홀히 한다거나 나에게 주어진 임무를 소홀히 하면서 대가를 많이 바란다거나 하는 것은 결코 나를 발전시킬 수가 없다. 가장 안정한 아이디어 실현 장소는 어쩌면 직장일지도 모른다.

너무 쉬운 방법을 찾기 위해 애쓰지 말았으면 좋겠다. 쉬운 방법을 찾고 헤매느라 정작 시작도 못 하고 내가 이내 꿈꿨던 목표는 저 멀리 가 있는 때도 있다. 무언가를 결심했으면 나의 판단으로 좋은 방법을 찾았다면 의심하지 않고 매일 해보는 것이다.

나 역시 처음에 쉬운 방법을 찾아보고 빨리 이루고 싶었다. 리더십을 기르는 방법에 관한 책을 10권을 읽으면 바로 리더십 스킬이 생기는 줄 알았다. 글을 잘 쓰는 방법이 있는 줄 알았다. 하지만 글쓰기는 글을 쓰면서 느는 것이었고 영어를 잘하려면 매일 영어를 사용하고 듣고 쓰는 것이 방법이었다. 아무것도 하지 않으면 아무 일도 일어나지 않는다는 말을 나는 좋아한다. 무언가 달성하고 싶은 목표가 있다면 바로 내가 아는 그 방법을 목표에 다다를 때까지 시도해보는 것이다.

매일 꾸준히 실천하는 게 어렵다면 매일 꾸준히 시도라도 해보려는 마음을 먹어 보자. 어렵다는 생각이 뇌에 지속적으로 전달되면 정말 어려워져서 시도할 힘이 안 생긴다. 하지만 '그래 한번 해보자'라는 생각으로 계속해 시도하면 별거 아니라는 생각이 든다. MZ세대는 전화를 두려워한다고 한다. 나 역시 캐나다 직장에서 일하면서 하루에도 몇 번씩 업무 통화를 할 때가 많다. 전화로 사람들과 소통하고 일이 되게 하기 위해서는 상대의 말을 알아듣는 것과 동시에 행간의 의미까지 파악해야 하는 경우가 많다. 특히 요즘 재택근무를 하면서 화상통화부터 전화와 이메일은 소통의 전부가 되어버렸다. 캐나다에서 태어나고 자라지도 않았고 영어가 모국어가 아닌 나에게는 쉬운 일은 결코 아니다. 하지만 일을 성사시키고 한 가지의 목표를 갖고 통화를 하면 그렇게 어렵지도 않다. 내가 어렵다고 계속 피하면 나는 절대 전화 업무가 늘 수가 없다. 상대의 말을 못 알아들었을 때는 정중하게 다시 한 번 이야기를 해 달라고 하면 된다. 확실하게 파악하지 못하고 진행하는 업무는 결과적으로 회사에 큰 피해가 가기 때문이다.

종종 우리는 내가 목표를 이루지 못하는 핑계를 찾는 일에 너무 열심은 아닐까 생각해 본다. 나는 외국인이라 영어를 못해, 직장 생활하느라 영어를 배울 시간이 없어, 하고 싶은데 하기 싫어, 아이들을 돌보느라 운동할 시간이 없어. 육아 스트레스는 먹는 것으로 풀어야 제맛이야. 직장 상사가 마음에 안 들어서 나는 그냥 시간을 보내면서 월급 도둑이 될 거야. 모든 선택과 행동은 전부 내가 하는 것이다. 종종 나의 못난 행동을 외

부요인으로 돌리며 못하는 이유를 찾으려고 한다. 그것이 잠깐의 변명이 될 수 있지만, 그 변명이 지속되었을 때는 그것이 나의 삶이 된다.

코로나 때문에 우울한 생각이 드는 사람은 바로 지금 운동화를 신고 밖을 나가서 걸어보자. 두 다리로 걸으면 다리의 근육이 마음 근육이 되어 언제 내가 우울한 생각을 했는지 잊게 된다. 나의 평범한 삶의 발자취가 누군가에게 어떤 위로와 희망이 될 수 있을까 하는 생각이 들었다. 세상에는 나보다 훌륭한 사람들도 많고 이름도 없이 빛도 없이 묵묵하게 자기의 길을 가는 사람들이 많다. 그래서 주위에 많은 분이 책을 써 보라고 나에게 권유해도 난 대단한 사람이 아니라 선뜻 용기가 나지 않았다. 더 훌륭해지고 스스로 멋있는 사람이 된 후에야 가능하다고 생각했다. 지금도 나의 이야기를 글로 쓰기는 여전히 쉽지 않다. 하지만 내가 계속 쓰는 이유는 내가 쓰지 않으면 아무도 모르고 내가 일대일로 내 인생 이야기를 전하는 것보다 훨씬 더 강력한 효과가 있다는 것을 믿기 때문이다. 고맙다는 말은 해야 하고 미안하다는 마음만 갖고는 다른 사람은 절대 알 수 없다. 해보지 않고서는 절대 모른다. 일단 바라는 것이 있다면 지금 당장 시도해보는 것, 그것이 나에게 줄 수 있는 선물이 될지도 모른다.

선 함 과
탁 월 함

"아는 것에 의해서가 아니라 아는 것을 실천할 때 비로소 지혜로운 사람이 될 수 있다." – 아리스토텔레스

아리스토텔레스는 도덕적인 행위는 자연적으로 발생하는 것이 아니라 탁월한 행위의 반복을 통한 습관화로 가능하다고 이야기한다. 선한 마음을 갖고 실천하지 않으면 탁월함 역시 갖추기 어렵다. 나는 모두 태어난 존재 이유가 있다고 생각한다. 그리고 각자 추구하는 삶의 목적이 있다고 믿는다.

세상을 이롭게 하고 싶다는 마음으로 열심히 그 방법을 찾았다. 처음엔 UN에 들어가서 빈곤 문제를 해결하고 싶어서 영어

공부를 시작했다. 영어는 나에게 많은 기회를 안겨줬고 빈곤의 원인을 근본적으로 찾고 싶어서 대학원에 진학했다. 가장 효과적으로 세상을 이롭게 하는 방법은 정책에 있다고 생각해서 국가정책연구원에 들어갔다. 그리고 국제개발사업현장에서 더 배우고 싶어서 파견되어 근무했다. 삶의 비전이 맞는 남편을 만나 아이티에서 일하고 남편의 공부를 위해 캐나다로 왔다. 후원자들을 만나고 정부 기금을 받아 현장에 필요한 프로젝트를 진행하고 지속할 수 있도록 돕는 일을 하고 있다.

내 삶의 비전을 이루기 위해 도구를 연마하니 새로운 기회가 찾아 왔고 나는 다양한 방법으로 나의 삶의 목적을 이루기 위해 기여하고 있다. 빈곤을 해소하고 싶은 마음으로 시작되어 다양한 경력과 다양한 문화 속에서 나는 성장하고 있다. 철저하게 미워했던 자본주의라는 시스템을 자세히 들여다보기 시작했다.

여전히 빈곤 해소를 위해 일하고 싶지만 내가 아는 방법보다 훨씬 더 다양한 방법과 형태가 있다는 것도 알아가고 있다. 빌 게이츠는 비용이 적게 드는 화장실 개선에 7년 동안 2억 달러를 투자했다. 빌 게이츠의 화장실 개선사업은 저개발국가에 위생적 배설물처리로 유아의 사망을 막고 수인성 질환에 관련해 탁월한 효과를 위해 시작한 것이다. 모두가 빌 게이츠가 될 필요는 없다. 모두가 이태석 신부님이 되지 않아도 된다. 모두가 당장 해외로 나가 자원봉사를 하지 않아도 된다. 하지만 나의 탁월함으로 어떻게 선함을 추구할 수 있을지 고민해 볼 필요는 있다.

나는 세상에 이로운 사람이 되는 도구로 자선사업가가 되기를 꿈꾼다. 사회적 기업을 찾아 투자하고 펀드가 없는 사업에 자금을 대는 그런 꿈을 꾼다. 돈은 자본주의 시스템 안에서 중요하다. 하지만 전부는 아니다. 비영리기관에서 주민들과 가까이 부대끼면서 지역 커뮤니티와 아이들을 살리는 다양한 교육, 보건, 환경 프로젝트를 진행하는 동안 돈은 가난한 이들에게도 필요한 요소임을 깨달았다. 돈을 벌기 위해 부모님은 아이들을 집에 두고 머나먼 곳에서 떨어져 있을 수밖에 없다는 것을 알았다. 이처럼 돈은 자본주의 사회에서 필요한 수단이다.

비영리기관에서도 교육과 의료분야를 제외하고는 주민들 스스로 소득을 창출해 낼 수 있도록 소규모 비즈니스 교육이라던지, 사회적 기업, 사회적 조합을 만들어 '지속 가능한' 대안을 내놓는 것은 몇 년 전부터 당연하게 여겨진다. 부모에게 돈 (소득)이라는 자원이 있어야 아이들의 건강도 챙기고 교육도 받을 수 있게 한다. 그리고 깨끗한 주거환경을 가능하게 한다.

부자라는 정의는 상대적이다. 누군가에게 1억은 평생 행복한 금액이 되기도 하고 누군가에게는 성에 차지 않는 금액이 기도 하다. 어떤 연구에서 연 소득 6만 불이 넘으면 그 이후부 터는 돈과 행복감은 정비례로 가지 않는다는 결과를 보여줬다. 돈이 많다고 해서 나의 행복감도 돈의 숫자만큼 올라가지 않는 다. 돈을 최종 목표로 생각하는 꿈을 이루기 위한 수단으로 생 각하는지 구분할 필요가 있다. 도미니카공화국에서 함께 프로 젝트를 했던 주민들에게는 돈은 생존이다. 그래서 누구보다도 열심히 일한다. 그들은 자본주의를 공부해서 소자본으로 인터 넷으로 물건을 팔아서 부자가 되는 방법을 배울 기회가 없다. 누군가에게 돈은 과시 수단일 수 있다.

나에게 돈은 사람들을 더 잘 도울 수 있게 하고, 자비로 학교 를 만들어서 교육의 기회가 없는 이들에게 새로운 꿈을 꾸게 하는 꿈의 실현 도구이다. 돈에도 성질이 있는 듯하다. 너무 쉽 게 모은 돈은 쉽게 흩어진다. 그리고 낮은 곳에 흐를 때 진짜 가 치를 발휘하게 된다. 내가 풍족하여서 남는 돈으로 기부 및 후 원하는 것과 모두가 잘사는 세상을 위해 당장 먹고 싶은 것을 참고 매달 후원하는 돈의 가치는 금액상 같더라도 분명히 가치 는 다르다.

돈은 무서운 것도, 다루기 어려운 것도 아니다. 나로부터 시 작되어 베풀고 나누면 선순환하여 그 돈이 굶주린 아이들과 필요한 사람의 삶을 연장하고 건강을 회복한다면, 결국은 한 생명은 살리는 귀한 수단이 된다. 이런 수단을 잘 활용해서 불필요한 고통을 해소할 수 있도록 돕는 것이 인지상정이 아닐까 생각해본다.

봉사의 기회가
찾아온다면

첫 프로젝트 사업 지역조사를 위해서 열심히 지방으로 그리고 도심으로 며칠을 다녔다. 그때는 운전도 서툴렀는데 나에게 주어진 것은 전복사고 후 수리공들이 손으로 고친 4x4 트럭뿐이었다. 한국에서 경차를 몰면서 운전을 배웠던 나에게는 길이도 너무 길고 높이도 너무 높은 트럭이었다.

책으로만 배웠던 지역개발사업을 실제로 적용하는 첫걸음이었다. 지방과 도심을 다니면서 많은 지역 관계자분들을 만났다. 지역위원회가 있었는데 적극적으로 동네 안에 아이들 교육이나 환경 개선을 위해 노력하는 리더와 주민들이 있는 곳을 갔다. 도시를 가로지르는 강가 옆에 철재로 만들어진 집들이

빼곡하게 있는 곳이었다.

현지 사람들도 들어가기를 꺼린다는 악명 높은 도시 슬럼 지역이었다. 처음 지역조사를 하러 갔을 때 아이들이 바지를 입지 않고 맨발로 하수구 근처에 고여 있는 물에서 놀고 있는 모습이 눈에 밟혔다. 좁은 골목 사이에 많은 사람이 바깥에서 무리를 지어 앉아서 이야기를 나누고 있거나 맥주를 즐기고 있었다. '콜마도'라는 동네 구멍가게 주변에서 배달을 하는 오토바이들이 줄을 서 있었다.

놀랍게도 도미니카공화국 정부는 이 지역을 도시경관을 해친다는 이유로 임시 주거지를 철거하는 계획을 예전부터 세우고 있었다. 당장에 없어질지도 모르는 이 지역에 프로젝트를 해도 될까 하는 위험부담이 있었다. 그러나 정부의 별다른 복지 지원이 없어서 약 5만여 명이 넘는 사람들이 복지의 사각지대에 놓여있었다.

수차례 방문해서 지역 리더들과 만나고 소통하면서 지역의 요구를 파악하고 이들의 의지를 확인했다. 일단 아이들이 학교 끝나고 안전하게 시간을 보내면서 배울 수 있는 방과 후 학교 프로그램을 진행하는 것을 시작했다. 그렇게 지역 기업의 후원을 받고, 아동 결연 후원을 받아 근처에 주민들이 편리하게 다닐 수 있는 곳을 빌려서 2층으로 증축했다. 1층은 방과 후 교실로 2층은 지역 클리닉을 운영하기로 했다.

건물을 개보수하는 동안 지역 내 공립학교와 이야기해서 여름방학 동안에 여름 캠프를 진행해 보기로 했다. 관광국인 도미니카공화국은 북미 사람들이 휴가철에 방문하는 기간이 성수기이다. 이 기간에 주민들은 일하기 위해 휴가지로 떠난다. 부모의 빈자리는 동네 엄마들이나 할머니가 대신 채우고 많은 아이들은 별다른 활동 없이 여름을 보낸다.

북미에는 전국 곳곳에서 여름 캠프가 열린다. 저소득층 가정 아이들은 정부의 지원금을 받아서 여름 캠프에 참여할 기회가 있다. 하지만 도미니카공화국의 아이들은 여름 캠프라는 개념도 생소하다. 그래서 도시 빈민가의 공립학교 장소를 받아 아이들을 위한 여름 캠프를 진행해 보는 게 어떨까 생각했다. 지역 내에 봉사자들만 나와 준다면 많은 인원의 아이들을 받아서 진행이 가능할 것 같았다. 당시에 직원이 3명이 있었다. 우리 직원의 힘으로 여름 캠프를 운영하는 것은 역부족이라 주민들의 참여가 절실했다. 처음에 누가 무보수로 한 달간 일하려고 할까? 하는 우려의 목소리도 나왔다. 하지만 여름 캠프의 계획을 지역 내 리더들과 나누고 자원봉사자 신청을 받았는데 놀랍게도 30명이 넘게 지원을 했다.

여름캠프 시작 첫해 사진

캠프 기간 아이들에게 제공할 점심을 만들고, 배분하고, 캠프가 끝난 후 교실과 학교 안팎을 청소하고, 프로그램이 잘 진행될 수 있도록 아이들의 안전질서를 유도하고, 참석하는 아이들에게 티셔츠를 제공하는 등 일이 많았다. 직원들이 머리를 맞대고 가장 필요한 프로그램으로 구성하고 캠프에 등록한 약 300여 명의 아이를 몇 개의 그룹으로 나눴다.

아이들과 부모님의 반응은 뜨거웠고 자원봉사로 참여하는 주민들은 신이 났다. 마치 동네 축제 느낌이었다. 학교 시설을 쓰게 허락해주신 교장 선생님도 여러 번 나와서 아이들이 신나 하는 모습을 보고 매우 기뻐하셨다. 지역 신문 방송사에서도 나와 이런 여름 캠프 프로젝트를 취재해 갔다. 동네 주민들은 왜 기꺼이 본인의 시간을 들여서 한 달이라는 긴 시간을 무보수로 봉사하셨을까? 한 아이는 온 마을이 키운다는 말이 생각이 났다. 내 아이를 부모만 돌보는 것이 아니라 동네 전체 사람들이 다 같이 보살펴 준다는 생각이 들었다.

그리고, 다시 한번 이곳에 잘 왔구나 싶었다. 한국의 아동 결연 후원자님께 감사한 마음이 들었다. 그 후원이 아니면 아이들과 주민들은 행복감을 느낄 수가 없었을 테니. 이 지역이 첫 지역개발 프로젝트 장소로 선정했을 때 우려의 목소리가 높았다. 내가 도미니카공화국 실정을 알지 못해서 얼마나 위험한

의료 봉사 현장

지 모른다부터, 무서운 사람들이니 조심하라 등등. 모두가 등을 돌린 지역이라 더욱 지역개발사업을 진행할 이유가 분명해졌다.

더 놀라운 것은 30명의 봉사자 중에 5명이 정도를 그 지역 담당 직원으로 채용했고 내가 떠나고 8년이 지난 지금도 이 중에 4명은 여전히 기관의 직원으로 일하고 있다는 것이다. 이 봉사자들은 더 큰 꿈을 꾸었고 대학교 과정을 지원해서 공부를 더 하면서 기능을 연마했고 대부분은 지역 사무실에서 도미니카공화국 헤드 오피스에 발탁되어 일하기 시작했다.

작년에 기관에 열린 콘퍼런스에서 반가운 얼굴을 만났다. 이 지역에 봉사자로 시작해서 지역사무소 직원을 거쳐 헤드 오피스의 어시스턴트 직급까지 오르더니 결국 매니저로 성장한 주인공이었다. 나에게 와서 쑥스럽게 인사를 하더니 기회를 줘서 정말 고맙다고 했다. 내가 기회를 준 게 아니다. 여름 캠프에 봉사하기로 마음먹고 성실하게 본인의 역할을 다해낸 이 직원이 기회를 만들고 잡은 것이다. 내가 후원한 아이가 꿈을 꾸고 한 걸음 더 성장해서 매니저가 된 이 직원의 모습을 보는 것처럼 보석처럼 빛나는 순간은 없을 것이다. 말로 할 수 없는 감동이 있다. 나는 이때 자원봉사자의 진심 어린 표정과 미소를 잊지 못한다. 내가 지역을 위해 기여할 수 있는 일을 찾고 그 일을 진정 즐기면서 하는 것이다. 그래서 한 아동을 후원하는 것은 그 아동만 후원하는 것이 아니라 온 마을을 지역을 후원하는 일이다.

빈곤 포르노그래피라는 말을 들어 본 적 있을 것이다. 동정심을 불어 일으킬 목적으로 가난한 아이들의 모습이나 사진과 영상을 자극적인 연출로 사용한 것을 빈곤 포르노그래피라고 부른다. 그들의 빈곤한 모습만 극대화해서 사람들의 감정을 유도하여 동정심을 끌어내 모금을 유도한다.

이런 방식으로 후원을 끌어낼 수 있지만 이런 후원은 사람들의 감정이 사라지면 관심도 후원도 지속되지 못한다. 노르웨이에서 제작한 영상이 크게 인기를 끌었다. 바로 빈곤 포르노그래피를 풍자한 영상이다. 이제는 원하는 나라에 여행을 직접 갈 수 있고 인터넷으로 손쉽게 세계 곳곳의 일상을 볼 수 있는 시대이다.

우리네 삶 속엔 희로애락이 다 있다. 우울한 날도 있고 스트레스가 심한 순간도 있고 행복한 순간도 있다. 하루에 어떤 모습을 담아내는가 따라 나의 삶은 다르게 보인다. 빈곤 문제를 영상 혹은 사진으로 담는 방식 역시 그러한 것 같다. 행복한 순간도 있고 고난의 순간도 있다. 어떤 삶의 모습을 담느냐는 캠페인을 기획하는 사람한테 달렸다.

하지만 안타까운 점은 대중은 여전히 동정을 자아내는 광고나 영상에 반응한다는 것이다. 아이들의 환하고 희망찬 모습에는 이렇다할 반응이 없다. 감정에 호소하는 후원 요청이 여전히 먹히는 세상이다. 그렇다면 이들의 삶의 어떤 면을 담아야 할까? 너무도 손쉽게 나는 이것을 가졌으나 너는 이것을 못 가져서 불쌍해. 이런 단순 논리는 크게 도움이 되지 않는다.

단순한 소유의 문제로 타인의 삶의 질을 판단할 수 없다. 상대는 ○○을 소유하고 있지만 나는 ○○이 없어서 불행해지리라고 생각하는 논리는 우리의 삶에도 굉장히 하위 개념의 비교이다.

나는 내 눈앞에서 아주 간단한 구충제 하나 없어서 생사를 오가는 사람들을 봤다. 이 모습을 포착해서 현실을 알리는 것이 빈곤 포르노그래피에 해당하는 것일까? 단기로 봉사활동을 온 친구들이 아이들과 즐겁게 축구를 하면서 시간을 보냈다. 모두가 행복한 시간이다. 그 추억을 남기고 싶어서 사진을 찍었다. 그리고 내 인스타그램에 올렸다. 이것도 빈곤 포르노그래피일까?

우리의 삶은 흑과 백처럼 단순하지 않다. 당연히 개발도상국 사람들의 삶 역시 흑과 백으로 단순하지 않다. 복합적인 삶의 모습 중 단편만을 자극적으로 극대화하는 것은 분명 문제가 있겠지만 지극히 현실을 반영하는 모습을 담아서 알리는 것은 국제구호단체의 의무라고 생각한다.

왜냐하면, 많은 이들이 단기봉사나 선교로 이들의 삶의 터전을 방문했을 때 본인이 알고 있는 상상 이상의 현실로 많이들 충격을 받고 간다. 왜 사진이나 영상 속에 나오는 아이들이 극히 일부라고 생각하는가? UN에서 제공하는 통계에 의하면 개발도상국의 10명 중 1명은 여전히 하루에 1.9달러의 국제 빈곤선 이하의 생활비로 살고 있다. 여전히 사하라 이남 아프리카 인구의 42%는 극심한 빈곤으로 고통받고 있다.

인구의 8억이 영양부족에 시달리고 있다. 이는 현실이고 지어낸 이야기가 아니다. 이런 빈곤 문제는 UN만 해결하는 문제가 아니라 우리가 같이 해결해야 하는 문제이다. 영양부족 상태로 만 5세 이하 어린이는 매년 310만 명이 죽어가고 있다. 이는 지금 코로나바이러스로 전 세계에서 사망한 204만 명(2021년 1월 18일 기준)보다 많은 숫자이다.

생생한 수치는 우리가 어디에 관심을 가져야 하는지 잘 보여 준다. 감정을 앞세워 후원을 독려하는 것은 아주 촌스러운 방법이자 지속적이지 못하다는 것을 모든 국제구호단체는 알고 있다. 그러면 어떤 방식으로 사람들에게 세계 빈곤의 어려움을

삶의 터전

알려야 사람들이 관심을 두고 움직이기 시작할까?

조건 없는 지원과 관심이 필요하다. 빈곤세층의 어린이들이 깨끗한 환경에서 자랄 수 있도록, 안전한 곳에서 교육받을 수 있도록, 예방접종을 할 수 있도록 묻지도 따지지 않고 방법을 마련해야 한다. 특별히 만 5세 이하 아이들에게는 영양 제공이 절대적이며 인간의 기본적인 권리를 보장해 주어야 한다.

내 아이가 있다면 5살까지 얼마나 많은 정성을 들여 아이를 키우는지 알 것이다. 시기에 맞춰서 접종해야 하는 예방접종부터 아이가 아플 때 제때 제공해야 하는 약이 있다. 우리는 현실을 직시해야 할 의무가 있다. 그래서 빈곤의 원인부터 진지하게 생각해 볼 필요가 있다.

맥주와 치킨 먹는 것에는 특별히 고민하지 않으면서, 빈곤층을 위한 후원은 진지하게 고민하고 따져보고 형편이 어려워지면 그마저도 바로 후원을 중단한다. 내가 먹을 치킨과 맥주가 빈곤에 빠진 아이들 몇 명을 먹일 수 있는지 안다면, 그 아이들의 생명을 살리는 일이라면, 매달 내는 후원금을 위해 기꺼이 나는 오늘 밤 치킨과 맥주를 포기할 수 있을 것이다.

바차타 춤을 추면서
얻는 교훈

동양 여자인 나는 도미니카사람들의 관심을 항상 받는다. 길을 가면 매일매일 사람들이 휘파람을 불며 나를 불러 세운다. 도미니카사람들은 길에 지나가는 모든 사람에게 인사를 하고 대화를 나누는 여유는 지금까지 내가 경험해 본 모든 곳을 통틀어 이곳이 최고이다.

약속 시각 1분을 앞두고도 서두르지 않는다. 그들의 일상은 특유의 느릿느릿한 걸음과 환한 미소로 채워져 있다. 누구 서두르는 사람이 없다. 반면 한국인이 인정하는 우리들의 특성은 성격이 급하고 모르는 사람들에게 잘 웃지 않지만 정이 많다. 그리고 약속 시각을 칼 같이 지키려고 한다. 도미니카사람들은 정반대의 성향을 갖고 있다. 여유롭고 사람들이 친절하고 약속 시간이라는 개념이 없다.

365일 따사로운 햇살이 있는 도미니카공화국에서의 일상 속에서 매일 듣는 것은 바로 바차타와 메렝게 음악이다. 매일 밤 어김없이 동네 곳곳에서는 바차타가 흘러나오고, 웃음소리가 끊이지 않는다. 낮에 업무에 시달리고 밤에 돌아와서 한국과 화상회의라도 하는 날에는 이 노랫소리가 아주 싫었다. 나는 혼자 심각하고 업무에 최선을 다하며 몸도 마음도 지쳤는데 도대체 이들은 어디에서 여유가 나오고 즐거운지 매일 밤 그들이 즐기는 음악이 싫었다.

내가 3년 동안 살면서 내 마음속에는 어느 순간 편견을 만들어 내고 있었는지 모른다. 이들이 관습적으로 하는 말이 있다. 'Si Dios Quiere' 한국말로 직역하면 '신께서 원하신다면'이라는 뜻이다. 꽤 기독교적으로 들리는 말인 듯하지만 문화적으로 보면 '나는 오늘을 산다. 내일 일어나는 일은 신께 맡긴다'는 전제가 내포되어 있다. 그 말은 나의 의지보다는 신의 의지가 더 중요하다는 의미도 있다. 내 삶에 내 의지는 크게 중요하지 않다는 말도 된다.

프로젝트를 진행하면서 마무리를 짓는 단기적 프로젝트에는 주민 도서관 개관식, 커뮤니티센터 준공식 등 크고 작은 행사들이 있다. 몇 주 전부터 공지하고 다 같이 모이는 자리니 꼭 제시간에 와 달라고 신신당부를 하지만 정시에 나타나는 사람들 거의 드물다. 예를 들면 우리 내일 3시에 만나요 하면 당연하죠 'Claro que si'라고 대답을 하지만 뒤에 생략된 말이 있다. 그것은 바로 Si Dios quiere. 신께서 원하신다면.

이런 말은 버릇이다. 인사말로 잘 가 우리 다음에 보자고 말하면 습관처럼 모든 대화의 끝은 신께서 원하시면이라고 말한다. 신이 원하지 않아도 만날 수 있고 내가 의지를 가지면 가능한데 모든 핑계를 신에게 미루는 듯하다. 그 덕분에 일 처리를 위해 보내야 하는 시간은 기본이 1시간이고 운이 나쁜 경우는 반나절을 밖에서 기다리며 보내야 한다. 하루는 은행 안에 사람이 아무도 없는 경우에도 1시간을 기다려야 했고, 공공기관 서류 발급을 위해 땡볕에서 줄을 서서 4시간을 기다렸던 적도 있다. '시간은 금'이라는 말은 통하지 않는 나라이다. 혼자 바쁘고 발을 동동 굴려본 듯 전혀 필요 없다. 나 혼자만 바쁘고 그들은 바쁘지 않으니. 다행인 건 그중에 10명 중의 1명을 일을 엄청나게 빨리 처리한다. 그런 사람을 만나면 그날은 엄청난 행운이다. 비효율과 시간 개념이 없는 이곳에서 다들 어떻게 사업을 하고 일을 진행하는 것일까? 일주일이면 될 일이 1년이 가도록 진행이 되지 않을 때도 있다.

이런 답답함 속에서 고통은 나 혼자 받는다. 성격이 원래도 급한데, 이런 내 성격에 혼자 힘든 상황을 여러 번 겪고 나서는, 조금씩 포기하는 법을 배우기 시작했다. 20여 명이 온다고 약속한 장소에 단 한 명이 나타나도 허허 웃고 마는 나를 발견한다. 이들의 신 중심적인 사고를 보면 신을 자신이 원하는 것에 붙이고 나서 의존하고는 거기서 '나'는 빠져 버린다. 물론 다음 날 무슨 일이 생기면 약속을 못 지키겠지만 나의 의지가 빠진 채 신에게 의존하는 것은 신도 원하시는 삶의 방식이 아닐 것 같다는 생각을 해보지만 다른 문화에서 사는 내가 적응해야 하는 부분이다.

내가 최선을 다할수록 직원들은 더 내 마음에 들지 않았고 내가 강력하게 권한을 행사할수록 내 뜻에서 점점더 멀어져갔다. 그때마다 나는 이루 말할 수 없는 공허감에 시달렸다. 프로젝트를 위한 펀드를 보내주는 한국에 보고를 마치고 난 후에는 더욱 마음이 허했다. 도대체 왜 나의 열정과 열심을 몰라주는 걸까? 직원들이 나의 마음을 알아주게 하려고 난 무엇을 해야 할까? 답이 없는 고민을 하다가 매일 밤 늘 일찍 잠자리에 들었다. 그때부터였던 것 같다 나는 늘 밤 10시만 되면 잠을 잤다. 몸이 스트레스는 받고 있으니 잠으로라도 해소해야 겠다는 의지가 강했던 것 같다.

도미니카공화국 도로에서는 주변 운전자들은 차 안에 큰 스피커를 싣고 큰 볼륨의 음악을 틀어 댔다. 내가 사는 아파트 주민들은 밤에도 아랑곳하지 않고 음악을 틀었다. 지금 사는 캐나다와 굉장히 다른 풍경이기도 하다. 내가 사는 동네는 다람쥐가 지나가는 소리까지 들릴 정도로 고요하다.

한때는 도미니카사람들과 어울려보고자, UN에서 일하는 (일 관계로 만났지만 친구가 된) 이탈리아 친구의 초대로 바차타 춤을 추는 곳에 가보았다. 주차장에는 차들이 가득하고 건물 기둥에 대충 짚을 얹어 놓은 듯한 천장 아래 수많은 젊은 남녀가 뒤섞여 춤을 추고 있었다. 한쪽에서는 도미니카공화국의 자랑인 프레지 덴데 맥주 큰 병(Jumbo)을 얇은 플라스틱 컵에 따라서 마시고 있었다.

혼자 파견된 직원이기도 하고 여성이라 안전 문제에 늘 민감하게 굴었던 나는 출장을 갈 때 일절 술을 마시지 않았다. 소수력 발전(산간벽지의 작은 하천이나 폭포수의 낙차를 이용한 발전 방식) 프로젝트를 같이 진행하면서 알게 된 일 관계로 만나 친구가 된 이 친구와 술을 마신다는 게 조금 이상하기도 하고 어색하기도 했다. 내가 일로 너무 스트레스를 받아 나의 모습을 가엽게 여긴 친구가 주말에 바차타 춤을 추는 곳에 나를 초대해주었다. 클럽과 같이 큰 음악이 야외에 흐르고 모두가 자연스럽게 음악과 춤이 하나가 되어 즐기고 있는데 나만 혼자 무엇인가 부자연스러웠다.

자꾸 나는 여기에 속하지 않는 이방인이라는 생각이 들었다. 나는 이곳에 일만 하러 온 것일까? 그들이 잘살기를 원해서 사명감으로 왔는데 매일매일 이렇게 행복하지 않은 것은 정상일까? 이런저런 생각이 꼬리를 물었다. 분명 이탈리아에서 나고 자란 이 친구도 도미니카공화국 문화와 이질감이 있을 텐데, 이 친구는 자신의 것을 지켜가면서 잘 융화가 되어 보이는 듯했다. 지방 출장을 몇 번 같이 갔을 때 지역 주민들이 정성스럽게 만들어준 밥이며 치킨이며 이 친구는 일절 입에 대지도 않았다. 하지만 누구보다 사람들과 어울리며 이 순간을 즐기고 있는 친구의 모습을 보니 내 모습이 초라해 보였다.

재밌어 보이고 하고 싶은 건 무조건 하는 나 역시도, 스포츠 댄스를 대학교 교양 과목으로 접하고 나서 직장을 다니며 홍대에 살사 동호회를 들어서 몇 달은 살사에 미쳐 살았다. 그때 살사 바에서 어깨너머로 배웠던 바차타를 췄다. 여기에 있는 사람들같이 탄탄한 몸매에 타고난 춤 선과는 거리가 멀지만 상대와 손끝을 부여잡고 바차타와 살사를 일 생각은 잊고 췄다. 음악은 참 신기하다. 잘 못 추는 춤이지만 쭈뼛하고 나는 이곳에 속하지 않는 사람이라는 생각이 사라지고 춤 파트너와 어떻게 잘 호흡을 맞추며 출 수 있을까 현재에 몰입하게 한다.

평소에는 조금은 냉정해 보일 정도로 진지한 이 친구가 도미니카사람들과 바차타를 추는 모습은 나에게 이런 방식으로 어울리며 사는 방식을 알려주는 듯했다. 내가 모든 삶의 방식을 흉내 내지 않고도 자연스럽게 어울리는 방법을 또 한 번 배우게 되었다. 나의 것을 유지하면서 현지 사람들과 자연스럽게 사귀면서 동시에 직업 소명을 이루는 것 역시 가능해 보였다. 나는 무조건 일에 방해가 되는 모든 문화적 요소를 싫어하고 있었다. 그때 누군가 바차타를 추자고 내 팔을 잡아끌었다. 평소에 그렇게 싫어하며 몸서리를 쳤던 볼륨 높은 바차타 음악이 이날만큼은 나에게 조금은 여유를 갖고 살아도 괜찮다는 격려처럼 느껴졌다.

맛있는 커피를
혼자만 마시기 싫어요

　한국 사람들의 커피 사랑은 유별나다. 아침에도 한잔 점심에도 한잔 저녁에도 한잔. 커피믹스도 있고 요즘 아메리카노는 국민 음료이다. 차갑게 먹기는 파와 뜨겁게 먹는 파도 갈린다. 중남미에 출장을 가면 그 나라 커피는 항상 맛보게 된다. 그중에 단연 일등은 과테말라 커피이다. 캐나다 스타벅스에서 Lo Cielo 라는 과테말라 커피빈을 보는 순간 나는 과테말라에서 마셨던 커피 맛이 바로 기억이 났다.

　과테말라 커피 맛을 보고 큰 호수 근처에 카페를 만들고 커피 농가를 돕는 한국 청년들이 나온 다큐멘터리를 본 적이 있다. 이들이 이렇게 청춘을 바쳐 커피 맛을 전하는 이유는 그만

도미니카공화국 오가닉 커피콩

큼 맛이 좋아서 일 것이다. 과테말라와 다른 매력이 있는 도미니카공화국 커피도 뒤지지 않는다. 실제로 시골 커피 농가들이 많이 있는데 아쉽게도 해외에는 많이 알려지지 않았다.

그야말로 유기농 방식으로 커피콩을 재배하고 초콜릿 원료인 카카오를 재배한다. 대부분 농가는 협동조합에 가입해 있는데 내가 함께 일했던 지역은 먼저 돈을 빌려주고 커피 농지를 맡아 지속적으로 협동조합에 커피를 팔면서 빚을 갚는 형식으로 진행되고 있었다. 여기서 이러한 방식으로 협동조합이 운영되는 것이 좋거나 나쁘다고 이야기하지는 않겠다. 다만 이 방식이 실제 농민들에게는 크게 도움이 되지 않는다는 것은 분명하다.

그래서 협동조합을 통하는 것보다 직접 구매하는 형식으로 커피를 판매해 보고 싶었다. 도미니카 관광지에 외국인들이 왔을 때 시골 커피 농가의 커피를 접하면서 커피콩까지 판매하면 좋겠다는 생각이 들었다. 하지만 커피만 판매해서는 사실 월세를 유지하는 것도 힘들어서 에어 비앤비 같은 플랫폼에 숙박광고를 통해 시범적으로 운영해 보면 어떨지 생각이 들었다.

이와 함께 도시 빈민 지역에 사람들을 교육하고 훈련해서 채용하는 방식까지도 고려했다. 그렇게 되면 시골 농가의 커피 판매를 촉진하고 동시에 도시 빈민가 젊은이들의 고용 창출 효과까지 노릴 수 있을 것 같았다. 이런 방식을 사회적 기업 프로젝트라고 부르는데 지금은 한국에도 잘 알려지고 많은 기관이 이런 방식으로 일을 하고 있다. 하지만 당시에는 생소한 개념이라 사실 쉽게 기금을 확보하기 어려웠다.

한국에서 온 자원봉사자들의 도움으로 숙소 내부를 꾸미고 카페 내부 인테리어도 하고 에스프레소 기계도 들여서 야심 차게 카페 카카오라는 이름으로 오픈했다. 나의 임기가 거의 끝날 무렵 지역에서 활동하는 밴드도 초청하여 커피 시음회도 하고, 커피 농가 아이들이 미술교육의 목적으로 찍은 사진도 전시하면서 예술 복합적 공간으로 첫 시작을 했다.

안타깝게도 현재 그 카페는 운영하지 않는다는 소식을 들었다. 창조적인 아이디어로 공간을 마련하고 실질적으로 지역 농가까지 돕는 다양한 프로젝트들이 크고 작은 곳에서 이루어지고 있다. 혹시나 이런 사회적 프로젝트를 통해 만들어지는 커피, 수공예품, 옷 등을 본다면 지나치지 않고 착한 소비에 관심을 두고 보시라 권하고 싶다. 내가 사는 제품이 실제로 세계 곳곳에 지역 주민들에게 도움이 된다면 나는 기꺼이 착한 소비라는 태그가 붙은 제품을 사겠다. 아동노동 착취로 가격을 낮춘 값싼 브랜드보다 훨씬 더 값지고 현명한 소비를 하는 소비자가 많아지기를 바라본다.

지속적으로 내가 원하는
일을 하려면

"즐거움에 집착하면 삶이 단절된다." 디즈니 영화 〈소울〉에 나오는 명대사이다. 즐거움에 집착하기 시작하면 우리는 나의 삶을 살 수가 없다. 한국 사회는 자기 계발 열풍이 부는 중이다. 코로나 때문에 소규모사업장뿐 아니라 기업과 개인에 닥쳐온 변화를 따라가기 위해서 부지런히 공부해야지 급변하는 사회에 살아남을 수 있다는 마케팅이 판을 친다. 불안한 사회 속에서 우리는 불투명한 미래에 대비하고 준비하고 싶은 마음이 생긴다. 북미에는 자기 계발 시장이 매우 크다. 그리고 라이프 코치, 자기 계발 코치부터 다양한 프로그램들이 이미 시장에 나왔다.

한국은 최근 1년 사이에 챌린저 앱 등 걷거나 뛰는 것을 사람들과 공유하면서 경쟁하기도 하고 서로 독려하면서 인증 열풍이 불고 있다. 최근 김유진 변호사가 출간한 책으로 많은 이들이 새벽 4시 30분 기상에 도전한다. 우리는 어쩌면 인증 시대에 살고 있는지도 모른다. 매일 운동한 것을 인증하고 공유하기, 매일 버린 것을 인증하기, 독서량을 인증하기, 미라클 모닝 인증하기 등등

아침부터 저녁까지 나의 삶을 내가 속한 그룹에 인증하면서 오늘도 나는 열심히 살았다는 것을 같이 나누고 독려하고 응원한다. 이런 현상을 나쁘다고만 생각하지는 않는다. 분명 좋은 도구로 사용될 수 있다. 혼자서 결심한 것을 실천하기 힘드니 함께 독려하면서 실행하여 작심삼일에 끝날 것을 한 달, 두 달이 되고, 석 달로 이어져 나의 생활습관으로 자리 잡게 도움을 주는 훌륭한 도구다. 종종 좋은 생활습관들이기 프로젝트는 인증을 지속하지 않거나 번아웃이 와서 중간에 멈추면 내가 언제 그렇게 열심히 살았나 싶을 정도로 다시 일상으로 되돌아간다. 그때 마음의 패배자라는 마음의 상처를 앓게 된다.

한 연구에 의하면 나이키 러닝 앱을 지속적으로 사용하는 기간은 평균 6개월이라고 한다. 그럼 6개월 뒤에는 그 앱을 사용하지 않는 것이다. '나는 할 수 있다.' 자기 암시를 하면서 외쳐

보아도 왜 나는 달리는 습관을 평생 가져가지 못하는 것일까? 새해 계획과 결심은 1월에 열심히 세우고 실천하는데 왜 2월부터는 흔적도 없이 사라지는 것일까? 최근에 나는 글을 쓰면서 스스로 부족함을 느끼고 하루 한 권 책 읽기를 하고 있다. 자기 전까지 한 권을 마무리하는 데 힘을 쓰다 보니 책을 읽는 즐거움이 어쩐지 사라지는 듯한 생각이 스멀스멀 들기 시작했다. 그렇다, 내가 아무리 좋아하는 것도 의무감이나 인증을 해야 한다고 생각하면 집착이 되어버리고, 내가 정말 즐기던 것도 재미가 사라져 버리는 것을 경험했다. 하루 한 권을 못 읽는다고 누가 나에게 손가락질을 하는 것도 아닌데 내가 혼자 스스로 실망하고 마는 것이다.

인증을 진행하면서 그것에 집착하기 되니 처음 내가 의도했던 프로젝트의 본래 목적이 희미해진 것이다. 순전히 글쓰기를 위해 나를 위한 독서를 시작했는데 매일 한 권씩 읽어냈다는 인증을 하기로 마음먹는 순간 독서의 재미가 사라져 버렸다. 내가 하는 이 모든 것은 나를 사랑하는 표현 중 하나여야 하는데 인증이라는 덫에 빠져버린 것이다.

즐기는 자는 이길 수 없다고 한다. 즐기지 않고 그저 매일 노력만 한다면 언젠가는 지치고 만다. 그러나 운동을 하는 것 책을 읽는 것 자체를 즐기면 옆에서 하지 말라고 뜯어말려도 기어이 하고 마는 힘이 있다. 다들 한 번씩 어릴 때 꽤 오랜 시간 피아노 학원은 다녔으나 어떤 이유든 지금 좋아하는 곡이나 치는 것도 어려워하는 것과 비슷하다. 당시에 피아노 치는 것이 재밌어서 즐겼던 게 아니라 남들도 하니 나도 해야 한다. 피아노 하나쯤은 할 줄 알아야 한다. 이런 부모님의 마음으로 반강제 피아노 학원에 다녔을 것이다. 안 그래도 하기 싫은데 피아노 선생님이 무서워 마지 못해 하게 되면 피아노에 흥미를 잃어버린다.

지금 사는 캐나다에서 5년 있으면서 아이들의 교외 활동을 가까이서 지켜본다. 아이들은 부모님과 함께하는 수영 클래스를 시작해 아이들이 만1세부터 5살까지 약 4년간 수영 클래스를 꾸준히 참석했다 (지금은 코로나로 모든 것이 취소되었다). 그러면 지금쯤이면 자유형이라도 멋지게 해낼 것 같은데 사실은 그렇지 못하다. 한국 엄마가 보기에는 너무도 답답하고 느리게 진도를 빼는 수영 클래스가 맘에 들지 않을지도 모른다. 내가 어린 시절 수영 배웠을 때를 생각해보면 자유형 한두 달 연습한 다음 평형으로 넘어갔으니 말이다. 캐나다 동네마다 하나씩 있는 아이스링크에서 하는 스케이트 수업도 마찬가지이다. 절대 싸지 않은 비용의 클래스인데 아이들의 수업 절반은 얼음

위에서 노는 것이고 정작 스케이트를 타는 시간은 매우 적다. 이런 교외 활동은 아이들의 기술 향상에 초점을 맞추기보다 놀이를 통해 물이나 얼음에 익숙해져서 두려움 없애기에 집중한다는 것을 나중에 알았다.

교육열이 엄청난 한국에서는 안타깝게도 수학 분야에서 노벨상 수상자가 한 명도 나오지 않고 있다. 수학 올림피아드 대회에 상위권은 모두 한국 아이들이 차지하고 있는데 왜 노벨 수학상은 한 명도 배출하지 못하는 걸까? 문제를 풀고 구체적인 성과에 집중하게 되니 배우는 과정의 즐거움을 뺏은 건 아닌지 생각이 든다.

어릴 적 모두가 피아노 학원에 다녔지만, 피아노를 취미로 치는 사람이 많이 없듯이 이렇게 기술 위주와 성과 측정 위주의 교외 활동은 국가 전체적으로도 손실이라는 생각이 든다. 내 취미를 인증하고 성과를 측정하기 시작하면서 배우는 재미가 사라진 것이다. 아이들을 전문 수영선수로 키우는 목표가 아닌 이상 수영은 생존 기술이다. 물가에서 무서워하지 않고 재밌게 놀고 깊은 물에서도 즐길 줄 아는 것. 그것이 수영을 배우는 이유일 것이다. 느리지만 즐거움에 중점을 둔 수영 강습 덕에 아이들은 멋진 자세로 수영을 하지 못하지만, 키보다 훨씬 높은 물에서 잘 뛰어들고 물을 정말 좋아한다. 얼음 위에서

엉덩방아를 찧으면서도 스케이트를 타는 것을 즐긴다.

평생 즐기고 싶은 것이 있다면, 평생 습관으로 유지 하고 있은 게 있다면, 그 일 자체에서 얻을 수 있는 본연의 즐거움을 잃지 말았으면 좋겠다. 타인에게 인증하는 것에 집착해서 나는 오늘 어떤 이유로든 인증하지 못한 일에 스스로 채찍질하고 비교하면서 멘탈이 무너지고, 이러한 일을 반복하는 것에 에너지를 소비하기에는 그 시간이 너무 아깝다. 매 순간순간 행복감을 느끼고 사는 게 결국은 우리가 추구하는 인생이 아닐까.

그렇다고 성취를 위해 그동안 참아왔던 욕구를 보상이라는 이유로 한 번에 풀어버린다면 바람직한 것일까? 예를 들어 바디프로필을 찍고 나서 보상이라는 이유로 폭식을 하다 그 전의 몸 상태보다 더 못한 몸을 만들어 버린다면 본질의 목표는 잃고 마는 것이다.

누구에게 보여주기 위한 단기적인 행동은 장기적으로 몸에 영향을 주고 결국은 나를 옭아매는 시간이다. 자신을 증명하는 데 너무 애쓰지 말자. 매일 인증 못 해도 매일 결심한 것을 못 해도 괜찮다. 내일 다시 하면 되고 내일 다시 또 결심하면 되니까. 인증에 집착하고 매달리면 주객이 전도되어 내가 처음에 왜 이것을 시작하게 되었는지 목표를 잃게 된다.

그래서 나는 과감히 내 즐거움을 뺏는 인증 단체 카톡 방에서 나왔다. 혼자 스스로 해서 나의 만족을 느끼는 것이지 우리의 인생은 누구에게 보여주기 위한 삶이 아니기 때문이다. 내가 존재한다는 것만으로도 충분히 가치 있다. 내가 비록 목표한 것을 이루지 못해도 괜찮다. 결국, 만족은 모두 내 안에서 나오는 것이다.

꿈꾸는
우리의 미래

'헬조선'이라는 말이 인터넷에서 심심치 않게 떠돌고 이민을 생각하는 사람들을 흔하게 볼 수 있던 어느 해, 남편과 나는 서반구에서 가장 가난한 나라, 나라 전체 통틀어 신호등이 10개도 안되는 나라. '아이티'에서 달콤한 신혼을 즐기고 있었다.

비포장도로를 달려 30분만 가도 에메랄드빛 바다가 눈앞에 있는 캐리비안 연안이 있는 나라 아이티. 한국에서는 아이티라는 나라가 지진으로 알려졌고, 배가 고파 진흙 쿠키를 먹는 나라로 알려져 있다. 남편은 이곳에서 햇수로 5년째 일하고 있었고 나는 결혼을 하고 수개월 간 국경을 넘는 주말 부부생활을 마치고 마치고 남편 곁으로 합류했다.

내 모든 열정을 쏟으면서 임했던 국제개발 책임자의 타이틀을 벗어 던지고 자의로 남편이 있는 나라로 이주했다. 직장에 사표를 내고 아이티로 이사를 온 상태라 당시 나는 무직 신분이 되었다. 일인당 국민소득 천 달러가 채 안 되는 나라에서 남편과 함께 살고자 온 (타인이 보기에는) 용감한 사람이었다. 20대를 열정적으로 공부와 일을 한 내가 결혼 후 소위 경력단절 여자를 자처하고 일을 그만둔 무직의 상태는 사실 썩 유쾌하지는 않았다. 사랑을 좇아 직장도 나의 경력도 모두 내팽개친 듯한 모양새였다. 하지만 직업이 나의 정체성이 될 수 없다고 생각하며, 남편이 일하는 동안 나는 휴식의 기회로 삼아 불어 공부도 하고 그동안 읽고 싶었던 책도 읽으며 재충전의 시간으로 삼았다.

매일 아침 출근하는 남편에게 최고의 아침 식사를 제공하기 위해 나름의 내조(놀이)를 하면서 노력했다. 나는 일복이 넘치는 사람임을 확인시켜주는 양, 무직 상태로 있은 지 얼마 지나지 않아 한국 정부 관계기관의 제안을 받아 아이티 정세보고를 하는 일을 하게 되었다.

삶은 한 치 앞도 모른다는 말이 바로 우리 가족의 삶을 보고 말하는 것 같다. 내가 지금 이 글을 쓰고 있는 곳은 뜨거운 태양이 내려 쬐는 남편의 30대가 담긴 아이티가 아닌, 단풍의 나라 캐나다이다. 남편은 자원봉사로 몽골, 과테말라에서 젊은 시절을 보내고 나서 아이티에 지역개발프로젝트 수장으로 일을 하면서 본인은 관리자의 역할에 큰 소명이 있지 않음을 알게 되었다. 늘 그렇듯 40도가 가까운 무더운 날 전기도 부족해 에어컨은 언감생심인 환경에서 둘이서 선풍기를 켜고 식탁에 마주 앉아 땀 흘리면서 밥을 먹고 있었을 때였다. 어느 날 남편은 나에게 직접 사람들에게 도움이 되는 일을 하고 싶다고 고백 아닌 고백을 했다. 나는 무심히 물었다. 무슨 일을 하면서 돕고 싶어? 라고 물으니 남편은 간호사로 돕고 싶다고 이야기한다.

나는 바로, "그래 그럼 간호사 공부하러 가자. 독일이나 핀란드는 학비가 무료래. 자기는 간호학을 공부하고 나는 평소 하고 싶었던 공부를 하면서 유학생 부부로 지내면 좋겠다"라고 대답했다.

나는 삶의 큰 변화에 대해 민감하지 않다. 삶의 방향이 맞으면 그게 나라를 옮기는 일이든, 내 직장을 그만두는 일이든 나에게는 중요하지 않다. 남편이 수줍게 간호사가 되고 싶다고 말했을 때도 우리의 삶의 방향은 소외된 이웃들을 위한 '일'을 하는 것이기에 의료 전문직인 간호사로 돕는 것은 우리가 추구하는 삶의 방향과 일치하는 것이었다.

나 역시 지속가능한 도시계획에 늘 관심을 두고 있어서 이와 관련하여 공부할 계획을 품고 있었다. 남편이 일하러 갔을 때 나는 열심히 핀란드 학교 내 '지속가능한' 도시계획에 관련된 학과를 뒤졌다. 동시에 남편이 지원할 간호학과도 열심히 찾아봤다. 그렇게 찾고 찾은 학교에 나는 지속가능 도시 석사과정을, 남편은 간호학부를 지원했다.

몇 주가 지났을까 우편물이 날아왔다. 내가 지원한 석사과정 합격통지서였다. 생각만 해도 너무 셀레이는 좋은 징조였다. 현장에서 근무한 경험도 있고, 이와 더불어 해당 분야에 대해 구체적으로 공부를 더 하면 내 비전을 보다 효과적으로 수행하는 전문인력이 될 수 있는 기회를 하늘이 주신 것 같았다. 심지어 대학생 때 기업의 스폰서를 받고 한국문화 전달 프로그램의 일환으로 방문했던 핀란드에 대한 너무도 좋은 기억이 있었다. 공기부터 모든 것이 깨끗하고 청아한 나라에서 남편과 같이 유학 생활을 하다니 정말 떨리고도 신나는 일이었다.

이런 설렘도 잠시, 남편이 지원했던 간호학과에서 조건부 합격 소식이 날아왔다. 핀란드어 어학시험을 초급이상 레벨을 증명해야 한다는 조건이었다. 내가 지원한 석사는 영어로 수업을 해서 핀란드어가 필요하지 않지만, 간호학과는 실습도 핀란드에서 진행되기 때문에 초급이상의 핀란드어 능력을 요구하는 것이 당연했다.

핀란드어는 세계에서 배우기 어렵다는 언어 중 하나로 꼽힌다. 우리 남편이 얼마의 노력을 기울여야 핀란드 초급이상을 할 수 있을까? 그런 계산을 하기도 전에, 우리는 바로 영어권 학교로 가야 하는 판단이 섰다. 이 모든 유학 계획은 남편이 간호사가 되기 위해서 시작된 것이지 나의 또 다른 석사 학위를 위한 것은 아니었다.

빠르게 계획을 수정하고 다시 영어권 국가의 간호학과를 찾기 시작했다. 아이티와 가장 가까운 미국은 아예 제외해 놓고 찾았다. 그렇게 국제학생 학비는 내야 하지만 영어권이고 조금 빨리 남편의 꿈을 이룰 캐나다 내 학교를 검색했다. 캐나다는 2년 공부를 하면 면허실무간호사(Registered Practical Nurse) 자격이 주어지고 간호사로 일을 시작할 수 있다는 소개글을 보았다. 면허실무간호사라는 개념이 나에게는 와 닿지 않았지만 간호사(RPN)를 2년 만에 될 수 있다면 나이가 적지 않은 남편에게 좋은 옵션인 것 같았다. 학비가 부담되었지만 내가 가서 공부를 안 하고 바로 직장에서 일을 해 남편이 공부할 수 있도록 지원해주면 될 것 같았다. 영어권 나라이기 때문에 생활적으로 적응은 어렵지 않게 할 수 있는 것 같았다.

혼자서 영국에서 유학 생활을 한 경험이 있어서 별다른 어려움 없이 적응할 수 있다고 생각했다. 그렇게 남편은 캐나다 온타리오주에 있는 대학(College) 간호학과에 지원한 지 일주일도 채 되지 않아 합격통보를 받는다. 합격통보와 동시 남편은 몸 담은 기관에 퇴사 계획을 밝히고 캐나다에서 두 번째 신혼 생활 계획을 하는 사이에 우리에게 축복인 쌍둥이가 찾아 왔다.

출산을 캐나다에서 하나 한국에서 하나를 고민할 필요도 없이 우리는 한국으로 일단 귀국해서 출산하고 남편 학기 시작에 맞춰서 캐나다로 다 같이 갈 생각을 했다. 아이들이 태어난 지 30일 남편의 학교 입학 날과 맞춰 캐나다 입국을 계획했다. 모두가 미쳤다고 했지만 우리는 핏덩이를 안고 캐나다로 출국했다. 제왕절개 수술과 쌍둥이 수유와 돌봄으로 몸의 회복이 완전히 되지 않은 상태였지만, 남편과 함께 모든 것을 함께 하고 싶었기에 소아청소년과 의사 선생님의 생후 한 달 아이도 비행기를 타고 괜찮다는 소견을 받고 캐나다로 향했다.

아이티로 선교를 정기적으로 오시는 목사님이 마침 우리가 가는 도시에 계셔서 그분이 우리가 머무를 아파트를 다 알아 봐주시고 우리의 이민 가방도 먼저 목사님 댁으로 받아 주셨다. 그렇게 2016년 9월 우리는 캐나다에서 새로운 삶을 시작하게 되었다. 모든 것이 물 흐르듯이 순조로웠고 아이들은 예정일보다 일주일 빨리 태어나서 그래도 1달을 한국에서 채우고 캐나다로 떠날 수 있었다. 남편과 나에게 캐나다는 처음 가보는 곳이었다. 그런데 아이티나 도미니카공화국과 달리 영어로 모든 정보를 알 수 있었고 사람들이 친절하고 안전한 지역이어서 아이들과 함께 정착하는 데 전혀 어려움이 없었다.

모든 것이 취약했던 나라 아이티의 물가와 캐나다 온타리오 중소 도시의 물가는 비교가 불가할 정도로 쌌고 생활비며 식비 모든 것이 정말 싸게 느껴졌다. 나는 1년 동안 쌍둥이 아가를 키웠고 남편은 화학 및 생물 과목 등 간호학과를 들어가기 전 과정들을 1년간 들었다. 1년 동안 우리는 아무런 수입이 없었지만 쌍둥이들의 성장 과정을 가까이에서 지켜보는데 정말 행복했고 집에서 길만 건너면 푸른 숲길이 펼쳐지는 환경에 만족했다. 하루는 아파트 주차장에서 공기를 맡는데 코끝으로 전해지는 깨끗한 공기에 깜짝 놀랐다. 서반구에서 가장 가난한 나라 아이티에서 자원이 풍부하고 경제적으로 부강한 나라 캐나다에서의 삶은 엄청난 격차가 있었다.

우리는 캐나다에서 남편의 꿈을 이루기 위해 왔지 캐나다로 이주하기 전의 상황이 싫거나 아이들 교육 때문에 오지 않았다. 나중에 알았지만 많은 한국 사람들은 영주권을 쉽게 받는 직업으로 간호사를 생각해서 일부러 간호학을 택하기도 한다고 들었다. 우리에게 캐나다는 삶의 비전을 잘 이루기 위한 중

간단계의 나라이지 최종 목적지는 아니다. 애초에 남편의 간호사 공부는 다시 가난한 나라로 가서 도움이 필요한 사람을 돕기 위한 기술을 배우기 위해 온 것이었다. 공부하고 경험을 쌓고 아이들이 깨끗하지 않은 물을 마셔도 괜찮을 나이 만 10살이 되면 그때 우리는 다시 새로운 여정을 시작하기로 계획을 세웠다. 그렇게 우리는 캐나다에서 10년 동안 머물 계획을 하고 정착했다. 나 역시 그간 쌓은 일 경력으로 로지스틱(기업 경영에서 소비자가 필요로 하는 상품을 관리하고 보급하는 모든 활동을 말한다.), 예산 수립, 인사관리 등 크고 작은 국제개발기관의 백오피스(업무 지원을 위해 후방에서 업무를 도와주는 부서)에서 할 수 있는 일이 많이 있다. 10년이 넘는 시간 동안 성실하게 나의 직무인 프로젝트 기획, 실행, 예산 수립, 계약서를 검토, 직원채용 및 교육 등 해외사업을 지원하기 위한 모금 경험을 쌓고 있다. 캐나다를 떠나 어느 기관에 소속되어 일을 하거나, 개인적으로 일을 하거나 나는 지속적으로 소외된 이들을 위한 프로젝트를 기획하고 실행히여 그들의 목소리를 내변하는 일을 할 것이다. 우리들의 소박하지만은 않은 10년 계획 중간에 와 있다. 올해는 더욱 우리 가족의 꿈을 다시 한번 확인하고 그 방향으로 나아가고 있다. 남편과 함께 이루어 내려고 꿈꾸고 있는 대안학교 설립은 여전히 우리의 꿈 목록에서 중요한 위치에 있다. 우리의 계획과 꿈이 어떤 식으로 실현되고 가꿔질지 기대가 된다.

지금 캐나다에 온 지 6년의 세월이 지나간다. 아이들은 무상 교육을 받을 나이가 되었고 나는 캐나다 직장에서 일한 경력으로 영주권도 받고 지금은 시민권을 신청할 자격이 된다. 그러나 우리는 2025년에 캐나다를 떠날 생각에는 변함이 없다. 캐나다의 교육, 깨끗한 자연환경, 캠핑, 친절한 사람들, 치안 등 누리고 있는 것이 정말 많다.

남편을 만나기전 소외된 사람들을 위해 내가 무엇을 할 수 있을까 고민하면서 해외 파견직으로 일할 기회를 얻었다. 파견된 현장에서 남편을 만나게 되어서 결혼을 했다. 남편은 사람들을 직접 도울 수 있는 공부를 하고 싶다고 해서 캐나다로 오게 되었다. 아이들은 좋은 환경에서 자라고 있고 우리는 향후 4년 뒤를 경제적으로 사회적으로 안정된 상태에서 준비하고 있다. 내가 전혀 예측하지 않은 방식의 선물들을 받고 있다. 어떤 노력으로 할 수 없는 축복을 마음껏 누리는 중이다. 소신 있게 한걸음 한걸음 발걸음을 옮겼더니 예상하지 못하는 방식으로 새로운 형태의 미래를 또 꿈꾸게 되었다.

나는 어떻게 살 것인지에 대해 늘 고민한다. 모든 생각과 행동은 에너지를 품고 있다. 가만히 있는 사물을 움직이기 위해서는 에너지가 든다. 고민하는 일, 의심하는 일, 어떤 행동을 할까 망설이는 일, 불평하는 것, 칭찬하는 것 등등 이런 부정의 생각과 행동 역시 에너지가 필요하다. 하루에 내게 정해진 에너지를 내가 원하는 것을 상상하고 꿈꾸는 데 쓰고 그것을 이루기 위해 노력하는 데 매일 쓰는 사람과 불평하고 주저하는 데 에너지를 쓰는 사람을 비교해 보자. 일정 시간이 지난 후에는 상당한 격자를 보일 것이다. 감사하지 않는 삶은 사람의 마음을 병들게 한다.

도미니카공화국에서 일할 때 영어로 훌륭하게 잘하고 예술

적 감각도 있으면서 사업적인 아이디어도 있는 직원을 채용했다. 면접을 보는 내내 이 직원이 시골 커피 농가 사업장에서 진행하는 소득 창출 사업에 큰 활력을 불어넣어 줄 것 같은 기대감이 있었다. 하지만 처음 기대와는 다르게 그 직원에게 치명적인 단점이 있었는데 불평을 입에 달고 산다는 것이었다. 일하면서 마주하는 모든 상황을 불평하면서 프로젝트가 되지 않을 이유를 늘어놨다. 그리고 그 불평은 전염병처럼 다른 직원에게까지 옮겨갔고 일부 직원들은 같이 불평을 늘어놓았다. 결국, 그 불평하는 직원을 얼마 지나지 않아 내보내야 했고 놀랍게도 그 직원이 사라지자 같이 불평하던 직원들은 갑자기 긍정의 에너지로 분위기가 전환되었다.

무턱대고 의심만 하면 나의 꿈을 이루는 데 방해가 된다. 사실 나는 원하는 것을 상상하면서 한 치의 의심을 한 적이 없다. 긍정적이라고 생각할 수도 있고 진심으로 원한다고 생각할 수 있다. 하고 싶은 것이 생기면 당연히 이룰 수 있다는 생각으로 늘 꿈을 꾸면서 살았다. 지금도 나는 매일 남편과 마주 앉아 우리의 꿈에 대해 이야기한다. 혹자는 하고 싶은 것이 많은 사람은 불안한 사람이라고 이야기한다. 모든 꿈이 가능하다고 생각하기 때문에 하고 싶은 것이 많다고 반론하고 싶다.

생생하게 꾸는 꿈은 비록 구체적이지 않을 때도 있지만, 절대 포기하지 않으면 그 꿈은 반드시 현실이 된다. 간절히 바라면 이루어진다는 말처럼 강력한 상상으로 나는 대부분의 꿈과 비전을 현실로 이루었다. 지금 돌이켜 보면 나는 의심하는 것에 에너지를 쓰기보다는 긍정하며 할 수 있다고 생각하여 그에 대한 방안을 마련하고 실천했다. 내가 나를 의심하기 시작할 때, 이 세상 누구도 나를 믿어주지 못한다. 그렇게 한계 없는 상상을 할 때 나의 꿈은 현실과 더 가까워 진다. 설령 그 꿈이 너무나 터무니없어서 주위에서 비웃을 지라도 내가 강력하게 믿을 때 현실이 되는 경험을 한다.

터무니없는 꿈을 현실로 이뤄낸 사람이 주위에 없다면 유튜브나 책을 찾으면 정말 많다. 나는 평범하고 그들은 특별하다고 선을 긋는 것 자체부터 가 의심이다. 대단해 보이지만 가까이서 보면 그들 모두도 평범한 인간이다. 그냥 현상 유지하면서 살고 싶다는 생각을 하면 정말 그렇게 산다. 인생 한 번 살면서 누군가에게 피해를 주는 꿈이 아니라면 우리 지금 당장 생생하게 꿈꿔보자. 말도 안 되는 소리 한다고 생각이 드는가?

한 번에 되지 않으면 한 번 더 시도해보는 것이다. 물론 철저히 준비해서 한 번에 이루는 사람도 있겠지만, 모든 것이 한 번에 다 이뤄지면 그것은 요행을 바라는 것과 같다. 작은 성취는 자신감을 안겨준다. 그리고 좌절은 경험을 안겨준다. 그렇기 때문에 시도하는 것을 두려워하지 말자. 처음에 원하는 것을 얻지 못하더라도 괜찮다. 실패 든 성공이든 나는 경험치를 얻는 것이다.

나는 굉장히 평범한 사람이다. 내 안에 있는 의심을 신념으로 바꾸기 위해서는 매일 내가 원하는 나의 모습을 생각하는 연습이 필요하다. 생각하는 것도 연습으로 충분히 가능하다. 터무니없는 꿈이라도 내가 매일 주변인에게 이야기하고 나누고 나를 전적으로 믿어주는 사람과 같이 꿈을 꾸면 된다.

결혼해서 정말 좋은 점은 나의 이런 발칙한 상상을 이야기하고 나눌 사람이 있다는 것이다. 그리고 내가 꿈꾸고 계획한 것을 하나부터 열까지 나누고 이야기하면서 목표들이 더 견고해진다. 옆에 말할 사람이 없으면 거울을 보고 말해도 되고 그것을 녹화해도 된다. 어떠한 방식이든 한번 입으로 말했을 때 그 꿈은 실현될 가능성이 크다.

나는 질문을 하는 것을 좋아하고 삶의 목표를 나누는 이야기를 참 좋아한다. 누군가의 꿈 이야기를 들을 때 같이 상상하고 설레고 격려할 때 나오는 에너지가 참 좋다. 결혼한 사람들은 내 옆에 짝꿍을 잘 활용하기를 권하고 싶다. 그리고 의심 없이 당연히 된다고 생각해보면 된다. 내 글을 읽고 한번 시도해보고 꿈을 이루었다면 다른 사람에게도 이 비밀 아닌 비밀을 나눠주면 정말 좋을 것 같다. 누군가는 나의 이 말을 그냥 흘려들을 수 있지만, 그렇지 않고 나의 말을 받아들이고 실행하는 것은 철저히 개인의 의지에 달렸다.

지금이 시작하기 가장 좋을 때이다. 선한 의도를 품고 세상을 위해 무엇인가 하고 싶은 마음이 든다면 주저 말고 바로 시작하라고 감히 말하고 싶다. 당신의 선한 의도로 시작한 일이 새로운 기회의 문을 열어 자신도 상상할 수 없을 만큼 크게 성장하고 있는 나를 발견할 수도 있다.

후원의 기회가 온다면 주저 말고 후원자가 되라고 말하고 싶다. 나의 소소한 행복을 포기하고 매달 후원한 그 금액은 지구 건너편 누군가에게는 한 달 동안 생존할 수 있는 금액이기 때문이다. 내가 직접 가서 사람들을 만날 수 있다면 더욱 좋다. 눈으로 직접 경험한 후에는 평생 기억에 남아 도움이 필요한 이들을 위해 내가 무엇을 할 수 있을지 늘 고민하기 때문이다.

당연시하는 현상에 대해 끊임없는 질문과 의심으로 내 생각을 확장하는 것도 추천한다. 도움이 필요한 국가에 원조금을 쏟아붓는데도 여전히 빈곤 문제는 없어지지 않는 이유, 어떤 분야에 힘을 쏟아야 빨리 기아와 질병으로 사망하는 아동들의 숫자가 줄어들 수 있을지, 현장에서 어렵고 힘든 일이 많지만, 그럼에도 청춘을 바쳐, 인생을 바쳐 인생을 바쳐 일하고 계시는 분들의 동기도 생각해보면 좋을 것 같다.

나의 짧은 인생 경험기가 저개발 국가에서 이름도 빛도 없이 일하고 계시는 분들에게 위로의 도구가 되었으면 좋겠다. 그리고 신념을 갖고 본인의 길을 묵묵히 걸어가는 모든 이들에게 존경을 표하고 싶다. 마지막으로 함께 삶의 비전을 나누고 내가 직장 생활과 책 집필 외 많은 것을 할 수 있도록 끊임없이 격려해주며 응원을 마다치 않는 내 인생의 동반자이자 내 영원한 연인 남편에게 감사의 말을 전하고 싶다.